石田衣良

東京DOLL

ISHIDA IRA

講談社

東京DOLL

装幀　緒方修一
撮影　新津保建秀
モデル　香椎由宇

I

1

夜のコンビニは灯台だった。

目のなかで青い蛍光灯の光りが揺れている。MGは黒革のサンダルを熱気の残るアスファルトで鳴らしながら、夜に浮かぶ安全地帯にむかった。肩で押すようにガラス扉を開ける。エアコンの風がTシャツを抜けて、裸の胸を冷ました。

「いらっしゃいませ」

深夜の二時でも、ここなら笑顔で挨拶してくれる。MGが直接誰かに話しかけられたのは、四日ぶりだった。無言で会釈して、バスケットを取った。無意識にマガジンスタンドにすすむ。ゲーム関連の月刊誌が並ぶあたりからは目をそらして、男性誌と女性誌を適当に五、六冊選んだ。マンガの棚はリバイバルばかりで、ろくな新作がない。

つぎは冷蔵ケースで、ミネラルウォーターとアミノ酸いりのスポーツドリンクを大量にバスケットに移す。最後は食料だ。チョコレートとポテトチップとハーゲンダッツのアイスクリーム。揚げものばかりの弁当はパスして、おにぎりとカップ麺を買う。白米を口にするのも四日ぶりだった。

MGはレジにむかった。心地いい電子音を立て、バーコードリーダーが商品を積算していく。レジの女がいった。

「いつもこの時間にくるんですね」

奇妙に胸が騒ぐ声だった。MGは初めて顔をあげた。カウンターのむこうにいる若い女を見る。最初の印象は、ななめにつりあがったアーモンド型の目。眼球の丸さがわかるほどおおきい。東の女神・蘭揮《らんき》のようだ。

「ああ」

声をだしたのは三日ぶり。原案書の作成にはいったMGの神経は、限界まで研《と》ぎ澄まされる。会社の人間も怖がって、電話さえかけてこなかった。MGはボーリングシャツに似た制服の胸を見た。ネームプレートにはチェーン店のロゴと女の名前。水科代利《みずしなより》。MGは相手も見ずにひとり言をいう。

「ヨリか、つかえる名前だな」

コンビニの女は不思議そうな顔で、見つめ返してきた。

「おかしな名前ですけど」

「いいや、つかえるよ」

六方位の女神のしたにはそれぞれ五人の戦闘妖精が従っている。ＭＧはあわせて三十の名前が必要だった。じっとコンビニの女を見る。身長はとくに高くなかった。百六十を数センチ超えるくらい。胸もとくにおおきくない。３ＤのモデリングでCIMGのにちょうどいいCカップくらい。この女は名前だけでなく、ほんとうにつかえるかもしれない。ＭＧはレジから一歩さがって、若い女の上半身のバランスを観察した。

「六千八百二十二円になります」

クロコダイルの財布は三十枚ほどの紙幣で分厚かった。なかを見ずに一枚抜きだしカウンターにすべらせる。釣りを待つあいだ、ＭＧはじっと女を眺めていた。顔はもちろん美しいに越したことはないが、大切なのは全体のバランスだ。

ディスプレイのなかでは、繊細な顔の表情より身体全体の動きのダイナミズムがプレーヤーを引きつける。そこが映画とゲームの違いだった。ＣＧはまだ人間の顔を再現できるほど進化していないのだ。女は三枚の札を目のまえで数えた。いつごろから日本でもこんな子ども相手のような確認をするようになったのか。

「千円、二千円、三千円」

ＭＧは札を受け取りながらいった。

「モデルになってくれないか」

小銭を数える女の動きがとまった。強い目で見つめてくる。

「ナンパですか」

女は目をそらして、硬貨を数枚ずつ取った。

「違う。仕事」

表情を曇らせ、小銭をさしだす。受け取りながらいう。

「ちょっと待っていてくれ」

MGは小銭をジーンズのポケットに落とすと、マガジンスタンドにもどった。棚にぶらさがるように新作ゲームが並んでいる。まだ発売してから二ヵ月なのだ。MGはカバーに七人の女神が描かれたパッケージを手にした。二年がかりの労作も、コンビニのスペース争いの厳しさを考えると、来月には消えていることだろう。

レジにゲームをおいた。『女神都市《ヴィーナスシティ》III～まどろみのメトロポリス』。

「それを名刺代わりにあげる」

もう一枚、札を抜いて、ゲームのとなりに並べた。

「これを買うんですか」

肌寒いほどの冷房と蛍光灯の青さで、コンビニは明るい水底のようだった。MGはうなずいていう。

「そう。それできみにあげる」

「わたしはゲームしないですけど」

MGはゲームのパッケージを裏返した。

「そこにぼくの名前が載ってる。だから名刺代わり」

女は腰を曲げて、パッケージを見た。MGはキャストの項目の最初の一行を指さす。

「これ。企画・シナリオ＝相楽一登《さがらかずと》。毎晩こんな時間にくるからって、別に怪しい人間じゃない」

女はゲームを脇においた。強い目でMGを見る。

「そんなことのためにお金をつかうのはよくないと思う。相楽さんのことはわかりました」

MGはカウンターの中央におかれた一万円の新札を見おろした。

「困ったな。そいつのいく場所がなくなった」

女は指先で札をMGにすべらせた。うっすらと笑っている。

「お買いものがないなら、どうぞ」

「じゃあ、あとですこし話をきいてもらえないか。それはきみの時間を買うための代金にしよう。ここのアルバイトは何時に終わるんだ」

女は五秒ほどフリーズした。右手で左の胸についたネームプレートをさわっている。MGは立ったまま、正面の相手を見つめていた。汐留、八重洲、六本木。この肉体を東京のどの新しい顔においたら映えるだろうか。押しても引いても動かなかったパートⅣのイメージが、急に鮮明になったように感じる。身体のなかにかかっていた不快な霧が晴れていくようだ。

「三時に終わります。三十分だけでよければ、話をききます」

「わかった。あとで」

MGが帰ろうとすると、レジの女がいった。

「待って。このお金もっていって」

「どうして」

女は胸を張っている。制服のしたで乳房の位置が高くなった。おおきさは通常でも、形はよさそうだった。MGは巨乳タレントが嫌いだ。ゲームも女も極端に肥大した細部より全体のバランスが大事だと信じている。

「話をするだけで、お金はもらえない。これをもっていかないなら、話もききません」

MGは印刷されたばかりの新しい一万円札を見た。こんなものにはなんの価値もない。多くの人間のお約束が刷られたただの紙切れだ。日々価値の変わる約束になど、なんの意味があるのだろうか。MGは女の顔を見た。本気のようだった。札を手に取り、コンビニの白いポリ袋に押しこむ。

「じゃあ、あとで」

女はじっと見つめ返すだけで、なんの返事もしなかった。

2

MGの部屋はコンビニから歩いて三分ほどである。住居表示は東京都港区海岸。以前は倉庫ばかりの暗い街だったが、台場の再開発の影響で新しいマンションが増殖している。どれもコンクリートとガラスを多用したデザイナー物件で、海沿いに重なった砂の箱のようだ。

ＭＧは四十畳のリビングダイニングで、カップ麺と鮭のハラミのおにぎりをたべた。天井の高さは五メートルほどある。海にむかってアルミサッシの窓が二段重ねになっていた。レインボーブリッジが、白く乾いた骨のように夜の東京湾を横切っている。広さは百平方メートルほどあるが、ほとんどワンルームのような造りだ。

食事はうまいのか、まずいのかよくわからなかった。仕事中は栄養を補給するだけで、簡単にたべられるものならなんでもいい。ＭＧはクロームに光る燃えないゴミ用の缶にコンビニの袋を捨てた。コンビニの食事のいいところは、片手のスナップであと片づけがすべて完了するところにある。

ＭＧは壁にもたせかけた巨大な姿見のまえに立った。Ｔシャツは五年以上着こんで、もう一枚の肌のように薄くなっている。胸にはどこかの写真家が撮った野生のオオカミがモノクロでプリントされている。ジーンズはスタイリストにすすめられて買った一九四〇年代のリーバイス５０１だった。安いといわれて二十万ほどだしたが、ＭＧにはヴィンテージジーンズの趣味はない。

そのままでかけようとして、Ｔシャツの胸に数日まえのパスタの赤い染みを発見する。その場でＴシャツを脱ぐと、上半身裸で寝室に移動した。ウォークインのクローゼットには、黒・紺・グレイのスーツが数着ずつさげられている。白いシャツは二十枚ほど。選んだのはシルクのような手ざわりの綿の長袖シャツとベルヴェストのタキシードジャケットだ。一週間以上はきっ放しのジーンズにあわせる。

デジタル一眼レフのカメラと書類の詰まったビジネスバッグを肩に、地下の駐車場におりる。

部屋にこもり切りだったので、メタリックネイビーのレンジローバーにはうっすらとほこりが積もっていた。

三十秒のドライブで、コンビニからすこし離れた場所に車をとめた。住宅地ではないのであたりに飲食店はない。目につくのは自動販売機の明かりと街灯だけである。ひっそりと静かだ。人類が死に絶え、街だけが残されたようだ。MGは東京湾のそばの街をひと目で気にいったのである。この寂しさと空《うつ》ろさ。どんな人間からも等しく距離をおいたような印象がたまらない。MGのつくるゲームと同じ空気だ。

深夜の三時をすぎて、あの女がコンビニのガラス扉を押してでてきた。ウインドウ越しに、もう一度ボディバランスを観察する。頭はちいさい。肩幅は普通。手と足は細く長い。女はコンビニの制服から、ノースリーブのカットソーに着替えていた。ウエストは細い。骨盤は少年のようで、横への張りだしはほとんどなかった。MGは頭のなかで、女のワイヤーフレームを想像し、四面図に展開した。悪くないフィギュア。

肩から何年かまえに流行《はや》った透明ビニールのバッグをさげて、女が周囲を見まわしていた。MGは窓から手をだし、ゆっくりと振った。女はあわてたように手で宙を押さえた。その場にいてほしい。アルバイト先に車でのりつけられるのが嫌なのだろう。MGは待った。

ドアを開けてやると、女は助手席にすべりこんだ。内装はアイボリーの革張りである。女は緊張しているようだ。

「すぐにだして、急いで」

座席に沈みこむような姿勢でいう。女の姿勢はレインボーブリッジに続くアプローチにはいるまで変わらなかった。長いつり橋にさしかかると、安心したように背を伸ばす。

「相楽さんて、お金もちだったんだね」

MGはちらりと女の横顔を見た。背後には台場の街明かりが流れていく。空は藍色に澄んで、地上の明かりを映した七色の雲が浮かんでいた。この女もまた金をせびるようになるのだろうか。MGはそれでも別にかまわなかった。ほしいのは人間の女ではなく、完璧にクールな人形なのだ。

MGは女のイメージを買い、女は契約どおりの代価を得る。恋愛ではなくビジネスなのだ。それでも女が自分のまえでかわいらしく振る舞いだしたら、要注意だった。空ろな人形ほど、すべてをほしがる。女は真夜中の東京湾のスカイラインに目をやっていう。

「これができたとき、すぐに誰かが飛びこみ自殺したんだよね」

初耳だ。街の灯《ひ》がロマンチックなどといわれなくてよかった。MGはすこし愉快になっていう。

「しかたない。高いところと美しいところでは、必ず誰かが死んでいる。ぼくはきみをなんて呼べばいい」

女は正面をむいたままこたえる。

「水科っていう苗字はいいにくいから、みんなしたの名前で呼んでる。ヨリでいいです。ゲームをつくる仕事ってもうかるんですか」

　また女たちの好きな年齢あてと年収あてのゲームが始まるのだろうか。ＭＧの年収は五千万円と二億円のあいだを、この五、六年ほど激しく上下していた。ゲームをだした年は高く、ださない年は低い。山と谷の高さはその年が終わるまで予測がつかない。この波がいつまで続くのかもわからなかった。

「ゲームがきちんと売れればもうかる」

　ほかにどんな返事ができるだろうか。ＭＧは許される失敗は一回だけだと思っていた。ゲーム業界では失敗は一回だけなら許される。だが、二度同じ失敗を繰り返せば、自分のいる場所などなくなるだろう。それは自分たちの会社、デジタルアーミーも同じだ。

「わたしはなんて呼んだらいいんですか」

　ぼんやりとくだり坂の先を見ていたＭＧは注意を女にもどした。

「会社ではみなＭＧと呼んでる。きみは別に相楽さんでいい」

　暗い車内で目を光らせて、女はいう。

「ヨリ。ＭＧってどういう意味ですか」

　何百回となくした説明だった。ＭＧはひと息でいう。

「ＭＣはマスター・オブ・セレモニー、ＭＧはマスター・オブ・ゲーム。ぼくはゲームの企画・原案・シナリオ・監督をやっている。だからいつの間にか、みんながＭＧと呼ぶようになった」

「わかった」

じっと切れ長の目でＭＧを見つめてから、ヨリは顔を崩して笑った。

「わかった、ＭＧ」


レンジローバーがとまったのは、海沿いのバーの駐車場だった。営業時間は朝五時まで。平日でも半分近い席は埋まっている。ひとつだけ空いた窓際のカップル席に座った。窓のむこうは、濃紺に濁った東京湾と同色の空。対岸の京浜工業地帯は、オレンジ色の光の線となり、夜空ににじみだしている。

ふたりが頼んだのは、桃のフレッシュジュースだった。ヨリの分だけシャンパンで割ってある。ＭＧはビジネスバッグから厚さ十センチほどの書類をだした。テーブルの中央におく。ヨリは両手でもちあげる振りをしたが、すぐにあきらめた。

「それがゲームの企画書だ。タイトル、コンセプト、ゲーム概要、システム概要、フローチャート、世界設定、キャラクター設定、スケジュール。すべてがはいっている」

ヨリは目を見開いているが、じっとＭＧの声に集中していた。いい生徒だ。よけいなことをいわない。ＭＧは十ページほどの薄い文書を、企画書のうえに重ねた。

「それで、こちらが原案書。基本になる最初のコンセプトとアイディアがスケッチしてある。こいつの出来が悪ければ」

ＭＧは企画書を押しのけた。

「こっちの山がすべて無駄になる。ぼくは今、『女神都市《ヴィーナスシティ》』のパートⅣの原案書をつくっているところだ。これまでの三本はすべてミリオンになっている」

ヨリはまったく感銘を受けていないようだった。最盛期と違い、現在のゲーム市場ではミリオンは年に数本の希少価値である。ベリーニをのんで、ヨリはいう。

「わたしはゲームのことはよくわからない。なんの仕事をすればいいんですか」

MGは完璧なバランスを満たした身体にいった。

「そのまえにゲームの内容をわかってもらう必要がある。『女神都市』は育成型のRPGだ」

さすがにロールプレイングゲームは知っているようだった。

「ドラクエやFFみたいな」

「そう。『女神都市』の特徴は舞台が架空のファンタジー世界ではなく、現実の東京を可能な限り忠実に再現していることだ。汐留や六本木の再開発もちゃんと3DのCGで描いている。新作をだすたびに東京中の新しいビルを調べてまわる。その気になれば最新版の観光案内にもつかえるくらい正確だ」

ヨリはチューリップグラスをあげた。桃のジュースと頬の色が重なる。女の頬にはシャンパンで割った淡い果汁と同じ透明感がある。

「ゲームのなかの東京は、リアルに現実の街を再現しているが、そこに暮らす人間は異なる。政治も文化も宗教もまったく架空のものだ。東京は皇居のある千代田区を中心に六つの方位に分けられている。それぞれの地区の住民は、その街の女神を信じている。ゲームのプレーヤーは、十代はじめの女神をひとり選んで、彼女を育てていく。他の五方位の女神たちと競い、都市の経済力と技術力、それに戦闘力を高めていくんだ。六方位のすべてを統一すると、最後に中央にいる『空ろの女神』と対決することになる。手ごわい大ボスだ。もちろん戦いは戦闘力だけが決めるものではない。商業と経済、信仰と徳目、人気と美貌、すべてはパラメーター化され、女神の力を計るものさしになる」

「わかった」

MGは間をとって、しっかりと笑顔を見せつけた。

「いいや、わかっていない。このゲームの醍醐味は、ひとりの女神と東京という街を、意のままに変えられるところにある。殺戮《さつりく》と破壊を選べば、東京をすべて廃墟にできる。経済と繁栄を選べば、二十三区を高さ二百メートルのビルで埋め尽くすこともできる。信仰と自然を選ぶなら、世界のどこにもない巨大なエコロジー都市ができあがるだろう」

MGは自分の言葉のなかに炎が揺れているのがわかった。この揺らめきがある限り、デジタルアーミーの仲間たちも、MGについてくるだろう。ゲームのなかの世界も充実するはずだった。だが、それも四度目のチャレンジになる。新鮮さは薄れ、倦怠が忍びこむ。成功は転落と腐敗を培養する。なにより怖いのは、ゲームを創造するMG自身が、ゲームの細部に心を動かされなくなることだった。

細かに砕かれた氷の粒とジュースを流しこんだ。かすかに生の果実のえぐみが残っている。この青さと苦さが貴重なのだ。この女はパートⅣに新鮮さを注入してくれるだろうか。

「ヨリにやってもらいたいのは、精霊の役だ。東京のあちこちでモデルになってもらう。撮影はいつも深夜から明け方にかけて。ぼくは無人の東京が好きだし、人がいたのではなにかと撮影が面倒だ。今度はヨリの話をきかせてくれ。どうしてコンビニで働いている。きみはフリーターなのか」

ヨリは素早く笑い、表情をもどした。

「頭のいい人と話すのはおもしろいね。きみなんて呼ばれたのは、高校の担任以来だよ。わたしは生まれも育ちもずっとこのあたり。地元の高校をでて、短大にいった。普通の会社にはいってもよかったんだけど、やっぱり美容師になりたくて。MGは知ってる」

なにをきかれたのかわからずに、MGは首を横に振る。窓の外を見た。一番暗い空は夜明けまえの四時。

「美容師は人気があって、今では経験者か専門学校をでてないとなかなかお店に採用されない。わたしは昼と夜アルバイトをかけもちして、入学金をためてるところ」

「いくらなんだ」

ヨリはまったく表情を変えない。

「すっごく高い」

「だから、いくらなんだ」

「びっくりするよ。二百万。わたしのいきたいところはね」

確かに高額だが、MGは専門学校の入学金の相場など知らなかった。一生の仕事だ。それほど高くはないのかもしれない。

「いくらたまった」

「春からだから、まだ五十くらい。あと一年以上はかかるかな」

MGは自分のファッションを考えた。ヴィンテージジーンズは二十万、タキシードジャケットも二十万、左手の新しいカルティエ・サントスが七十万、首からさげたクロームハーツのネックレスが四十万。ちょうどヨリの目標の百五十だった。数字はときにおかしな魔法をつかう。ヨリはその金をつくるために、若さの盛りの二年近くを失う。MGはその場で小切手を切りたくなった。代わりにいう。

「わかった。じゃあ、四ヵ月、ぼくの仕事を手伝うといい。月の給料は五十万、四ヵ月で入学金がたまる。悪い話じゃない」

MGは買いものに飽きていた。なにを買っても同じだ。無数の商品と物欲を刺激するだけの情報に流され、それを押し返せるのはゲームをつくっているときだけだった。この世界でただの買いもの客として生きるほど空《むな》しいことはない。ヨリは疑わしそうにいう。

「それって、週一でエッチして、裸の写真とか撮るの。わたしのまわりにも愛人やってる子いるけど」

MGは笑う。

「ガールフレンドは別にいる。セックスはなし。ヌードは……」

横に座るヨリの胸から腰のラインを見た。二十代後半のガールフレンドとは違って、ほとんど脂肪ののっていない筋肉質の堅い線だ。

「フルヌードはないだろうが、セミヌードくらいはあるかもしれない。だが、新しいゲームの資料としてつかうだけで、どこにも流出はしないし、仕事が終わってヨリが望むならデータをすべて消去してもいい」

ヨリは真剣に考えているようだった。切れ長の目のうえで眉が厳しく寄せられている。戦いの直前の表情にぴったりだ。

「その顔、撮ってもいいかな」

明るいレンズのついたデジタル一眼をだす。テーブルで右のひじを固定した。ファインダーを確認するとフラッシュをたかずに撮影するなら、六分の一秒のスローシャッターだ。

「ヨリ、そのまま動かないで」

MGは蝶の羽にでもふれるように、そっとシャッターを押した。

「もう一枚。今度は目線をこちらに」

液晶画面で見るヨリの目には不思議な力があった。内側から光りを放ち、獲物を射落とす矢のようだ。もう一度シャッターを押すと、ヨリの表情がやわらかに変わった。厳しい内省から、穏やかな受容へ。感情の変化はとてもゆっくりで、モニタを見ながらMGは驚嘆した。この表情の連続的な変化こそ、CGでつくられたキャラクターが一番苦手なものだ。数十億円もする専用の機材とプログラムを駆使したハリウッドのデジタルスタジオでさえ、まだ遠くおよばない。人の顔は無限の色あいをもつ感情のパレットだ。ヨリはおおきく笑った。MGは目じりのしわのできかたを観察する。

「わかった。そんなことでいいなら、働かせてもらいます。MG、最高のゲームをつくってね」

MGはうなずいて、もう一枚薄暗いバーで撮影した。これほど光量が不足していても、きちんとヨリの肌の薄さと透明感は写っている。MGはカメラをおいて正面の窓を見た。対岸のプラントのうえの空にも、ヨリの頬と同じ透明な色が広がっていた。

夜明けの青だ。


携帯電話の番号を交換して、MGとヨリはバーをでた。海水浴場のような木製の階段を駐車場におりる。風にはかすかに潮のにおいがする。昼の熱気が残るぬるい風だ。

「ヨリ」

若い女の声がうえからきこえた。ヨリはびくりと肩を震わせ、階段の上方を振りむいた。MGが見あげると、白いタンクトップの女がいた。両肩に回転する黒い稲妻のようなトライバルのタトゥが刻んである。女は厳しい声でいった。

「その人のこと、ヨシトシさんは知ってるの」

ヨリはちらりとMGを見ていう。

「関係ないよ、エリコ。この人とは仕事なんだから。勝手なこといいふらすと、あんた締めるよ」

MGは目に力をいれるヨリを横から眺めていた。強くまっすぐな視線。それだけで物理的な凶器になりそうだ。相手の女は目をそらす。

「わかったけど、いちおうヨシトシさんには伝えておくから」

女はドアのむこうに消える。MGは車のキーをジーンズのポケットからだした。

「誰、ヨシトシさんて」

ヨリはため息をついた。憂鬱な顔。

「彼氏、このあたりを締めてる。火がつくとなにをするかわからない人。この仕事のことも、これでヨシトシに話さなきゃいけなくなった。そのうち挨拶にくるかも」

MGはデジタルカメラをかまえた。夜明けの空を背にしたヨリの横顔を狙う。

「ヨシトシはほんとにタイヘンなんだ。久里浜の特少帰りなんだから。写真なんか撮ってる場合じゃないよ」

夜明けの風がヨリのまえ髪を乱した。一千百万画素のCCDは逆巻く髪のひと筋まで、高解像度で写しだす。

「そのときはちゃんと挨拶する。ヨリとはつきあってるわけじゃない。それこそ、関係ない。ぼくはただのクライアントで、ヨリはモデルだ。きみはきっといいモデルになる」

ヨリは笑い声をあげて、レンジローバーの白革のシートにのりこんだ。

3

最初の仕事は三日後に決まった。ヨリはすぐにコンビニの店長にアルバイトを辞めると伝えた。だが、泣きつかれてもう一週間、夜十時から午前三時までのシフトを続けることになった。時給は千五十円。ヨリは電話で明るく笑う。

「それでも、お客もすくないし、昼間より時給が二百円高い。悪くないバイトだよ」

平日の午前三時すぎ、MGはレンジローバーをコンビニのまえにとめた。海岸から汐留までは直線距離で数キロである。深夜の道路には空車のタクシー以外はいない。数分のドライブのあいだ、MGはカーナビの画面を確かめる。

「東新橋一丁目の五番から八番。自分の住んでる街がこんなふうに変わるのは、どんな気分だ」

ヨリは表情を変えずにいう。

「関係ないね。たまにはお茶くらいするかもしれないけど、わたしとああいう高層ビルの大企業なんて一生縁がないもん」

汐留の再開発地区には、テレビ局と広告代理店と通信社が入居している。扇のように東京湾を包む高層ビルは、時給千円のフリーターとメディアで働く正社員をへだてるガラスの壁だ。MGは正面に近づく汐留シティセンターの壁面を見あげた。やわらかな曲線を描く透明な青い壁が、東京をふたつの階層に引き裂いていく。悲惨なのはこの壁の高さではなかった。青い透明さだ。むこう側の人間がどんな暮らしをしているか、この城にはいれない人間にもはっきりと見えることだ。

バックミラーに映る単眼のライトに気づいたのは、ヨリのほうが先だった。

「きたみたい、挨拶に」

「少年院帰りのボスか」

ヨリは真剣な目でMGを見た。

「久里浜をバカにすると、一週間なにもたべられないくらいボコられるよ」

「気をつける。明け方まで時間がないから、うしろの座席にある衣装に着替えておいてほしい。ぼくは先にヨリのボーイフレンドに挨拶しておく」

シティセンターのまえの広い歩道にレンジローバーをとめた。最後に一度エンジンをふかしてから、男のバイクも停車する。独特の重い排気音はハーレーのVツインエンジンのものだ。

MGは真夜中の明るい歩道をバイクのほうに歩いた。あちこちが裂けたダメージ加工のジーンズに黒革のベスト。首にはタンカーでも係留できそうな銀のチェーン。男の身体は肉が厚く、焦げる寸前まで日焼けしている。なによりも目立つのは、太い右腕だった。肩のつけ根から手首にかけて、黒いトライバルのタトゥが埋め尽くしている。あれは鎖だろうか。MGは敵意のないことを示す笑いを固定した。

「水科さんから話はきいてる。きみがボーイフレンドの成瀬《なるせ》くんだね」

ヨシトシは黒いヘルメットにゴーグルを跳ねあげる。目は野ざらしの鉄くずのように醒めた明るい茶色。メキシコやスペインのようなラテンのにおいがする男。ヨリの身体のバランスとヨシトシの危険な雰囲気。どの街にいっても目を引くカップルになるだろう。MGが制作しているのがRPGでなく恋愛シミュレーションなら、ふたりいっしょにモデルとして雇いたいくらいだ。

「あんたがMGか」

うなずく。最初はバカらしいあだ名だったが、今ではほかの名で呼ばれるほうが抵抗がある。

「おれにはあんたみたいにヨリに金をやることはできない。あいつによくしてやってくれ。ヨリは特別な女だ」

ざらりとした荒さはあるが、声は意外に高い。優秀なアスリートのようだ。

「わかった。確かに彼女は特別かもしれない」

ヨシトシは片方の頬で笑ってみせる。ハーレーのシートに座ったまま肉の詰った腕を組んだ。

「どうかな、あんたにほんとにわかってるかどうか。あの女には特別な力がある。おれは一度あいつに命を助けられたことがある。いつか気がむいたら、ヨリにきいてみな」

MGはあらためて男を見た。片腕を黒く染める刺青《いれずみ》以外、男は意外とまともで優しそうだった。目も笑っている。冗談でいう。

「女神みたいな力があるのか」

「そうだ。なにも空を飛ぶとか、スプーンを曲げるとか、そんなものじゃなくな」

目のまえのハーレーの男が爆発する瞬間を想像した。この笑顔のままヨシトシはどれほど暴力的になるのだろうか。ゲームのキャラクターをつくり慣れたMGには、格好の素材だ。

「きみはなんの仕事をしている」

ヨシトシは肩をすくめた。右の上腕で黒い鎖がうねる。

「おやじのあとを継いで、船にのってる。東京湾の水上タクシーみたいなもんだ」

MGは海上から眺める東京のスカイラインを考えた。パートⅣの目玉の場面になるかもしれない。

「いつかきみの船にヨリといっしょにのせてもらえないか」

ヨシトシはじっとMGを見つめた。目の力が強いのは、このカップルの特徴だろう。

「いいよ。あんたにほかの船じゃ見られないいいものを見せてやる」

「ありがとう」

ヨシトシの視線がMGからはずれて、後方にむかった。MGも振りむく。シティセンターの淡いブルーのガラス壁を背に、ヨリが立っていた。

「男同士でなに話していたの。雰囲気よかったけど」

ヨリは白いミニタイトのサマードレス。身体の線にぴたりと沿っている。まわりを雲のようなオーガンジーが透明に包んでいた。綿菓子《わたがし》のなかに浮かぶ氷の精のようだ。MGが知りあいのスタイリストに用意させたものだった。

「こんなドレス、着たことないよ。ちょっと恥ずかしいね」

MGはヨシトシの表情を横目で見た。赤錆《あかさび》のような明るい瞳に、遥かなものを求める表情が揺れている。自分はつきあっている女を、こんな目で見つめたことがあったろうか。MGにはヨシトシのひたむきさが、ヨリのドレスと同じくらいまぶしかった。

男は片脚でバイクのスタンドを蹴りあげた。巨大なVツインのエンジンを始動させる。機械の鼓動はビルの壁面を跳ねて、どろどろと重いビートを放った。ヨシトシは声を張った。

「忘れていた。あんたは悪い男じゃなさそうだが、ヨリに手はだすなよ。あんたがこの女とやるなら、生きているのを後悔するような目にあわせてやる。ゲームのなかの台詞《せりふ》とは違うぞ。おれは必ずやるし、やってきた。約束だ、いいな」

MGはうなずく。若い男の言葉は、荒っぽいがかわいいところもあった。こんな台詞を女のまえではく男。やはりパートⅣでつかってしまおうか。

「わかった。契約のなかには、ヨリとつきあうなんて項目ははいってない。安心して、いつか船にのせてくれ」

ヨシトシは叫んだ。

「ヨリ、また明日」

エンジンの轟音《ごうおん》が高くなり、ハーレーはすべるように低く走り去った。MGは黒革の背中を見送る。公園のように整ったビル街の緑に消えた。

「なあに、あれ。わたしにはひと言もいわないで。男ってどうして、ああなのかな」

MGにはふたりは好ましいカップルだった。自分とはまるで別な人種だが、映画でも観ているようなおもしろさがある。ひとりで笑っているとヨリがいう。

「でも、さっきのヨシトシの言葉は、ほんとだよ。ヨシトシが久里浜にいったのは、ケンカで相手に大ケガを負わせたからだもん」

「どんな状況だったんだ」

ヨリの顔から表情が消えた。

「一対三。わたしもその場にいた。むこうは札つきで、ヨシトシにわたしをおいていけといった。夏の夜の防波堤だった。ヨシトシはぼろぼろになりながら、三人のなかの兄貴分を徹底的にやったんだ。わたしは殺しちゃったと思ったよ。いつかヨシトシはやるだろうなと思っていたけど、それが目のまえで起きたって。あれから五年たつけど、そいつは今でも植物状態だよ。意識が回復しないの。いい気味。婦女暴行の常習犯で、被害届がでてるような犬。あいつ、なんで死ななかったのかな」

白いオーガンジーを夏の雲のようにまとって、ヨリはぼんやりと宙を見ている。丸まった背中がうしろの青ガラスに映っていた。

「その格好のままでいてくれ。すぐにカメラと三脚をもってくる」

MGはレンジローバーにむかって駆けだした。夜の街を撮るには、あと一時間とすこし。夏の夜明けは、導火線のように迫る。

MGは場所を変えながら、撮影を続けた。カレッタ汐留の巨大なカメの彫刻、汐留タワーの赤褐色のタイル、日テレタワーの外部にむきだしになった橋脚のような構造材、旧新橋停車場の左右対称に構成された砂色の駅舎。無菌状態で、人間らしさのかけらもない都市の鋭角の風景だ。それがMGの肌にあう。

ヨリは初めてとは思えない力を見せた。才能のあるモデルとは不思議なものだ。どの背景からも等しく距離をおいて浮きあがって見える。観光ガイドのモデルのように素直に背景の一部になるタイプもいれば、ヨリのようにどこにおいても自分が主役になってしまう優秀な被写体もある。

夜の撮影は楽しかった。超高層ビルが建ち並ぶ再開発地区に、人の姿はまったくといっていいほどない。テニスコートの取れそうな幅広の歩道も、高さ百五十メートルあるガラスのキャンバスも、各建造物を結ぶ複雑な空中交差を見せる回廊も、スタジオ代わりに自由につかえるのだ。汐留最後の撮影は、ガラス張りの歩道橋だった。透明な欄干のうえには白い蛍光灯が彼方まで波のように続く。この世ではない世界へつうじる滑走路だ。MGはヨリを白い石の張られた通路の中央に立たせた。

「そこで普通にして」

ヨリは困った顔をする。

「さっきから、その普通っていうのが多いけど、それが一番むずかしいんだよね」

MGは話しているヨリでシャッターを押した。コンパクトフラッシュカードは大容量のものがひと箱分用意してある。

「だってさ、こんな真夜中にものすごいビルのまえで、こんな豪勢なドレス着て、写真をバカみたいにたくさん撮られてるんだよ。どう考えても、普通の状況じゃないじゃん」

MGは唇をつきだしたヨリの顔をクローズアップした。こんなときデジタルカメラは便利だった。望遠には強いのだ。光量が不足しても、なんとか撮影が可能だ。その気になれば、修正ソフトでいくらでも画質はいじれる。

「じゃあ、自由の女神みたいに右手をあげて」

ヨリは腕をあげた。なめらかで節のない蛍光チューブのような腕だ。

「顔は空を見て」

つりあがった目のなか、瞳がゆっくりと澄んだ夜空をめざし回転する。シャッターを押し、MGもヨリの視線の先を見た。汐留シティセンターの壁面はほとんど明かりが消えている。いくつかのフロアが横一列の青い光りを漏らしている。

「ものすごくでかい待機中の液晶ディスプレイみたいだな」

MGが視線をもどすと、ヨリが白いサンダルを脱ぐところだった。両手にさげていう。

「ねえ、ちょっと走りたくなった。むこうから、この橋をかけてきていい。わたし、中学のとき港区の女子の百メートル記録をもっていたんだ」

「いいよ」

MGはファインダーのなか遠ざかっていくヨリの背中を追い続けた。あれは筋肉の影だろうか。広い襟《えり》ぐりの端に黒いものがかすかに見える。ヨリは歩道橋の奥までいくと、両手を口にあてて叫んだ。

「第三コース、水科ヨリ、いきまーす」

きちんとクラウチングスタートの姿勢を取る。

「ねえ、合図して」

MGはファインダーをのぞきながら、左手をあげた。この暗さのなか全速力で駆けてくる被写体を連続で撮影するのだ。最新型のデジタル一眼レフでも、性能の限界を試すことになるだろう。

「レディ、セット、ゴー」

風を切り、左手を振りおろす。ヨリは一瞬口を引き結ぶと、爆発するような加速を始めた。アーモンド型の目が風に切れあがる。両手は指先まで伸ばされ、強く前後に振られている。白いサテンのミニドレスは足のつけ根までまくれあがり、太ももの筋肉の影はストッキングに均《なら》されて水の流れのようだ。MGは夢中でシャッターを押し続けた。全身像は数秒で上半身になり、最後にはカメラの正面でおおきく口を開けて息をするヨリの顔のアップになった。ヨリは荒い息をついて腰に両手をあて、笑いながら上半身を折った。

ドレスが背中で張り詰め、白い肌が深くのぞく。

「それ、タトゥなのか」

ヨリは笑ったまま顔をあげる。

「気がついたんだ。うちの親には一年考えてそれでもいれたきゃ、やればっていわれたけど、我慢できなくていれちゃったんだ」

MGはファインダーをのぞきこんだ。

「よかったら見せてくれる」

ヨリはなんでもないという顔でうなずく。勢いよく腰のくびれのあたりまで、一気に背中のファアスナーを開いた。

「見て」

肩甲骨のした半分を包むように、濃紺の翼が描かれていた。羽毛の一本一本が汗を弾《はじ》いて光っている。ヨリの背中は薄青く見えるほど白い。ネイビーブルーの翼はしっとりとキャンバスに馴《な》染《じ》んで、軽やかに休んでいるようだ。

「撮ってもいいかな」

全力疾走のせいか、翼の秘密を見せたせいか、ヨリは頬を上気させてうなずく。

「いいよ。でも、天使の羽を見たのは、ヨシトシにはないしょだよ」

4

翌日、MGはヨリのデータを整理してすごした。カットの選別だけで、楽に半日かかってしまう。フォトショップで加工を始めれば切りがないので、RAWデータのままハードディスクに溜めこんでいく。

MGのパソコンは大画面でゲームができるように、液晶プロジェクターに接続してある。暗くなるとコンクリート打ち放しの壁に百二十インチのスクリーンをおろし、ヨリのイメージを自動設定のスライドショーにした。缶ビールをのみながら、白いドレスでガラスの渓谷に立つヨリを眺める。スクリーンのまえには、ル・コルビュジエのひとりがけのソファ。革は特注の白だ。

MGは思い立って、ソファから壁際に移動した。以前はアメリカのハイエンドオーディオに凝って、総計で一千万円を超えるセットを組んでいたのだが、機械とコードの山が嫌になってしまった。今ではCDトランスポートにB&Oの新しいスピーカーをあわせるだけだ。ベオラブ5は三枚の銀色の円盤がのる黒い円錐《えんすい》だ。五〇年代のSF映画に登場するロボットのような姿のスピーカーである。内部には三十八センチのウーファーをベースに、スリーウェイのユニットと合計二千五百ワットのデジタルアンプが収められている。

MGは一番うえの円盤に指先をふれて、アクティブスピーカーを目覚めさせた。スタン・ゲッツとアストラッド・ジルベルト。MGが生まれる七年まえにカーネギーホールで収録されたライブだった。つぶやくような歌声は四十年の時を越えて生々しい。毎週のように生産される新しいポップミュージックとは違う、この音楽の生々しさはなんだろうか。ゲームの世界に、このライブ感をもちこむこと。ちいさな不滅を達成すること。それはMGのひそかな願いだ。

ゲッツのかすれたテナーサックスに携帯電話のベルが重なった。MGは着信メロディをつかわない。

「よう、どう、調子は」

峰倉克己《みねくらかつみ》だった。まえに在籍していたゲーム会社の同僚で、今は株式会社デジタルアーミーの代表である。MGと克己が共同で設立した制作会社だ。克己は腕のいいグラフィッカーで、視野の広い議事進行係でもある。

「いいイメージが見つかった」

「ふう、やったな。ここ二週間ばかり、おまえ、ずっとぴりぴりしてたろ。MGのところは電話するのも勇気がいるんだぞ」

ＭＧは性格が急に変わるタイプではなかった。感情の波は安定しているはずだ。

「ぼくは誰も怒鳴ったことなんかないけど」

「でも、アイディアを追っかけてるときのおまえは、近寄りがたいんだよ。そろそろパートIIIが発売されて二ヵ月になる。どうだ、新ネタ」

ＭＧは白いスクリーンにつぎつぎと浮かんで消えるヨリを眺めていた。

「いいにおいがしてきた。まだ、全部できていないけど。みんなはどうしてる」

「水無月《みなづき》もクロも陽子《ようこ》も、おまえの原案書を待ってる。オフィスにきては、映画を観にいって、本屋めぐりだ。どうだ、来週くらいにでも顔ださないか」

そのときヨリの背中が大写しになった。淡い空色の肌に浮かぶネイビーブルーの翼。一瞬息をのんで、ＭＧはいう。

「わかった。電話する」

通話はそれで切れた。ＭＧはもう一度スライドショーを最初からスタートさせた。この映像のなかにはなにかがある。発売後三ヵ月で市場から駆逐されていく、その他大勢のゲームとは違うなにか。ＭＧは論理的な人間だったが、論理では説明できないものを信じる心の広さをもっていた。結局のところ、誰にも世界を説明し尽くすことなどできないのだ。

白いソファに沈みこみ、映像に集中しながら、ヨリという人間の女性の形をしたなにかを、ＭＧは探し求めた。

電話はいつも二本ずつくる。デジタルアーミーの社内では、MGの法則と呼ばれる定説だった。その日二本目の電話は、三分後にかかってきた。

「元気、MG」

ガールフレンドの裕香《ひろか》だった。

「うん、元気」

MGはシティセンターのエントランスのまえに立つヨリを見つめ、なにも考えずにいう。裕香の声は弾んでいた。

「さっき無事、今月号の校了が終わったんだ。MG、晩ごはんまだでしょう」

食事のことなどすっかり忘れていた。壁の北欧デザインの時計を見る。もうすぐ九時。

「ああ」

「じゃあ、ステーキたべにいこうよ。わたし、昨日徹夜だったから、凶暴な気分なんだよね。生肉くらいたいっていう感じ」

小手川《こてがわ》裕香はビジネス誌の編集者だった。二十九歳、魚座、B型。スリムでトール。いくときには思い切り足を閉じる癖がある。

「わかった。じゃあ、いつもの店で」

「今、大崎の駅をでるところだから、十五分で着くと思う。MGも早くきてね」

「わかった」

MGはくたびれたハンドプリントのTシャツと短パンを見おろした。クローゼットに移動する。組みあわせを考えるのが面倒だった。今年買った白いコットンサテンのスーツに白いシャツ。足元は白い革のトングサンダルにした。裕香はだらしない格好が嫌いだ。いつまでも大学の同好会のようなゲーム業界のファッションコードも好きではない。

ＭＧは高価な衣服の詰まったクローゼットをもっているが、ファッションは別に好きではなかった。紙幣にほんとうに価値があるのかと疑って、ときどき金をでたらめにつかうだけだ。毎年モードの変わるファッションは、無駄づかいには最高のアイテムだ。ぺたぺたとトングのかかとを鳴らしてマンションをでると、ＭＧは海岸通りでタクシーをとめた。


明け方までいたビルのなかにはいるのは、おかしな感覚だった。汐留シティセンターのエレベーターは地上近くでは明るく、うえにのぼるほど照明が暗く絞られていく。現代はあらゆる生活の細部に誰かの演出がにおう時代だ。

四十二階でエレベーターをおりると、暗いロビーだった。中央に小振りのグランドピアノ。ソファセットはピアノを囲むようにおかれている。黒革のソファの背に、裕香のストレートの髪がかかっていた。

「待った？」

ロビーは薄暗い。無数の人間が言葉をつかう砂のような雑音で満ちていた。裕香は立ちあがると、ＭＧの腕を取った。ＭＧの白いスーツに、裕香の黒いパンツスーツ。女のローファーは黒のフェラガモで、シャツはチャコールグレイだ。白と黒のカップルがガラスの壁に淡く映る。

「いこう、もうお腹ぺこぺこ」

ＭＧはぺこぺこという言葉の響きが気にいった。ぺこぺことはどんな意味なのだろうか。腹を空かせているとき以外に使用できるのか。

「早くいかないと、オーダーストップになるよ」

オレゴンバー＆グリルの店内は、ロビーに負けずに暗かった。窓の外の夜景を美しく見せるため、室内の明かりは最小限に抑えられている。ここにも誰か趣味のいい演出家。テーブルのうえだけ針のように細いスポットライトで照らされている。

ＭＧはいつものメニューを頼んだ。六百グラムを越えるサーロインステーキを一枚。大盛りのサラダは各自ひとつずつ。あとはよく冷えたビールである。グラスをあわせて、裕香と乾杯する。

「お疲れ、今月の校了はけっこう早かったな」

ＭＧは眼鏡をかけた女性とつきあうのは、裕香が初めてだった。

「うん、夏休みだから、先生たちも締切をまえ倒しにしてくれたみたい。それより、ＭＧ、顔色がいいよ。パートⅣの突破口が見つかったの」

ヨリの映像を思い浮かべた。いつかプロジェクターを外にもちだして、ヨリ自身の背中のまえに彼女を立たせてみよう。スクリーンは首都高の橋脚の雨染みがついたコンクリートがいい。

「確実とはいえないけど、きっかけはつかめた」

裕香はため息をついて、ひと口で生ビールを半分空けてしまう。

「原案書にはいるまえのあなたって、声をかけるのもしんどいんだもん。これで山場を越えたんだね、おめでとう。いいなあ、何億円にもなるアイディアが二、三週間暗くなってるだけでできるなんて」

MGはゲームの基本コンセプトやアイディアを考えるとき、一度も売上や報酬の計算をしたことはなかった。数字はいつもあとからついてくるものだ。人と対立するのが嫌いなので、なにも考えずに調子をあわせる。

「そんなにいい仕事かな。まあ、はたから見てると楽そうに見えるんだ」

新しいアイディアも見つからず、ゲームの仮想世界にうまくはいれないまま、数週間をすごす息苦しさに、この女は耐えられるのだろうか。MGも笑って生ビールをのんだ。こんなときアルコールは素晴らしい小道具だ。

ステーキが届いた。大振りの白い皿のうえにはマッシュポテトと厚さ三センチほどある炭火焼のステーキがはみだすようにのせられている。MGはさっさと肉を切った。すべてをたべやすいおおきさに分けて、テーブルの中央におく。裕香は右手でフォークを取った。

「やっぱり肉はこの厚みがないと、たべた感じがしないよね。お行儀よくたべてもつまらないし」

天然の岩塩をたっぷりと振った肉は、角がしっかりと黒く焦げ、炭のにおいが香ばしい。MGはやわらかにさしがはいるだけでなく、しっかりとかみごたえのあるステーキが好きだ。裕香はうわ目づかいでいう。

「ねえ、仕事がうまくすすんだなら、このあと部屋にいってもいいでしょ」

MGはちぎれた肉をのみこみながらうなずいた。最初に出会った三年まえには、デートのたびにセックスをしていた。それがこのところ数回に一度の割合に減っている。酒に強いはずの裕香の目の縁が赤くなっている。

「ちょっと耳貸して、MG」

MGは明るいテーブルに身体をのりだした。裕香はかすれた声でささやく。

「今夜か明日、生理がくるんだ。あとで思い切りなかにだしていいよ」

頭のいい女性は、なぜ間違いなくいやらしいのだろうか。MGは腰の前面に鈍い熱を感じながら、塩と肉をたべた。


セックスは予告どおり激しいものになった。裕香の身体はよくしなり、MGの送る刺激にこたえた。入力と出力の関係でいえば、女性の肉体は天性の信号増幅器だ。わずかなインプットが数十倍のアウトプットになりもどってくる。男性の多くにとって、この増幅率が高い女性がいいベッドパートナーである。

その夜の裕香は、疲労と睡眠不足によって極限まで効率が高まっていた。B&OのデジタルアンプのようだO。もともとマルチクライマックスが可能なタイプだったが、その回はMGの想像を超えていた。

長くゆっくりとしたペッティングで二度いき、セックスでもう一度いく。そのあとMGの左足を太ももにはさんで休みをいれる。MGの足には裕香のけいれんが伝わってきた。

「なんだか、今夜はおかしいみたい」

裕香の両もものけいれんは治まらなかった。逆に強さを増していく。校了明けの編集者はあわてたようにいう。

「なんだか、へん。おかしいよ」

MGは裸の肩を抱いているだけで、胸にも性器にもふれていない。

「そのままでいい。ぼくの足を思い切りはさんで、力をいれて」

裕香はMGに抱きついて、両足をきつく閉じた。急に息が荒くなる。

「おかしい、このままじゃ」

MGは両腕で裕香の頭を強く抱いた。女の頭蓋骨はちいさく丸い。

「そのままいってごらん」

裕香の足にはさまれたMGの太ももが痛んだ。筋肉に力をいれて耐える。裕香が叫んだ。

「だめー、もういっちゃう」

裕香は弓なりに身体をそらせた。白い背中が波打っている。MGはそこに幻の翼を見た気がした。ヨリはヨシトシの鎖の刺青の右腕に抱かれ、どんな反応を示すのだろうか。ながながと身体を硬くしてから、急に力が抜けたようだった。こちらの世界にもどってきた裕香がいう。

「なんだか、今夜はおかしい。でも、こういうのが身体と気もちの関係が深くなったっていうのかな。わたし、こんなふうになったのMGが初めて」

MGはヨリの背中を心のディスプレイから消去して、裕香の肩を抱いた。

「今の裕香なら、もっと遠くまでいける。もう一度、足を閉じて」

裕香は汗でまえ髪を額に張りつけて、切ない顔をした。

「やってみる。MG、しっかり抱いて」

その夜、五度目の頂点は十秒後、裕香が足の内側の筋肉を締めるだけでやってきた。


夜のハイライトは、MGがふれることなく二度続いたクライマックスだった。MGは裕香のなかに射精したが、そのときには裕香のほうが疲れ切っていた。増幅率は大幅に低下している。先にシャワーを浴びた裕香に続いて、MGもシャワールームをつかった。このマンションにはバスルームの隅にガラス張りのシャワー室がある。夏のあいだ、MGはほとんどバスタブに湯を張らなかった。

タオルで身体をふきながら、リビングにもどった。暗かった部屋のなかが、波紋のような青い光りで揺れている。

「なにしてるんだ、裕香」

MGは裸のまま胸の汗をふいた。スクリーンに映るヨリの笑顔は、白い前歯が拳骨くらいのおおきさだった。こちらに駆けてくるヨリのアップである。ガラス張りの歩道橋の写真だった。MGの背中が震えた。パソコンのスライドショーをとめようと一歩足をだしたが、画面の変化のほうが先である。

つぎの画面は、ヨリの背中だった。翼のタトゥのはいった薄青い背中が、百二十インチのスクリーン全体に広がっている。裕香はいう。

「この子がつぎの作品のインスピレーションなの。若くて、美人だね」

MGの声は冷静だった。

「月に五十万で専属モデルになってもらった。近くのコンビニにいた子だ。このあたりの悪《わる》を仕切ってる不良のボーイフレンドがいるらしい」

裕香はしつこいくらい何枚も続くヨリの背中を眺めていた。バスタオルは腰に巻いている。二十代後半でも高さを失わない胸が自慢なのだ。

「そうなんだ。おもしろい子だ」

「ヨリ。名前は」

裕香はパソコンののったテーブルから、スクリーンのまえに移動した。裸の胸にヨリの片方の翼が映った。急に真剣な目をしていう。

「MG、遊びならいいけど、この子と本気でつきあったら、だめだよ。やきもちとかそんなのではなくて、悪い予感がする。わたしの勘がよくあたるの、知ってるでしょう」

MGはヨシトシにいった言葉を繰り返していた。

「彼女との契約に肉体関係ははいっていない。パートⅣのイメージを集めてるだけだ」

裕香はスクリーンを横切って、寝室にむかった。白い背中がいう。

「そんなに懸命に説明しなくてもいいよ。若い子だもんね。MGはその気になればもてるんだから、すこし遊んだほうがいい。でも、あなたとずっといっしょにいられる女の人は多くはいないよ。今夜はゆっくり休みたいから、わたし帰るね」

身体のなかから力が漏れだしていくようだった。

「泊っていかないんだ」

寝室から服を着る音がきこえる。MGはテーブルまで歩くとマウスを操作し、コンピュータをシャットダウンした。白いドレスを着たヨリは暗いスクリーンに残像を描いてぼんやりと消えていった。

5

デジタルアーミーは渋谷区松濤《しょうとう》の住宅街にある。鍋島松濤公園の緑を見おろす中層マンションの四階だ。外国人むけの賃貸物件だったが、MGたちが借り受けて全面改装した。デザイナーはブティックやカフェなどの内装で有名な人間らしい。MGはよく知らない。

デザイナーは天井の仕あげ材をすべてひきはがし、パイプや電線をむきだしにした。床は合板のフローリングを節の目立つ北米産の無垢パイン材に張り替えた。壁には床と同じパインの腰板をめぐらし、仕あげは大量に運びこまれた北欧デザインのデスクと椅子だった。MGは木の質感やあたたかみが好きではなかった。だが、他のメンバーの総意に反対するまでもない。

昼まえにオフィスに到着すると、四名の社員が驚きの顔でMGを迎えた。デジタルアーミーの社員は五名、うち四人が取締役で、ひとりが監査役だ。全員がそれぞれゲーム制作のスペシャリストで、株主だった。この会社は企画・制作部門しかない単機能のゲームメーカーである。販売は大手のゲーム機メーカーにまかせ、グラフィックやプログラムは外部のプロダクションに発注する。もともと『女神都市』の最初の一本をつくるためだけに設立された会社なのだ。パートIの完成とともに利益を分配して、解散するはずだった。それが六年以上続いているのは、ゲームが予想を越えたヒットを記録したからである。

　代表の峰倉克己が、バンガローの一室のような木の香りのするオフィスで、全員に声をかけた。

「来週の予定が早くなった。今日これからミーティングするぞ。昼めしはなか川の特上にぎりでいいな。会社のおごりだ。一・五人まえがいいやつは手をあげてくれ」

　プログラマーの黒田《くろだ》武史《たけし》とキャラクターデザインの松本《まつもと》水無月《みなづき》清四郎《せいしろう》が片手をあげた。水無月は元マンガ家で、デジタルアーミーの社員になっても、昔のペンネームをつかっている。自宅では特注のガラスケースが壁を埋め、フィギュアが一体ずつ個室を与えられ飾ってあるという。水無月は肩にかかる長髪をうしろで束ねている。ピンクのゴムの先にはハローキティのマスコットがついていた。

「MGが復活してよかったよ。もう毎日退屈で退屈で。パートIIIができたあとで、一ヵ月半の休暇があったでしょ。あのあとだから、もう休み疲れなんだよね」

　クロがクリップボードをもって立ちあがった。

「どうせ、資料探しとかいって、秋葉原のメイドカフェにいり浸ってたんだろ」

マネージャー兼連絡係兼監査役の大槻《おおつき》陽子は、しばらく見ないうちにショートボブに変わっていた。陽子はよく髪型を変えるのだ。きっとまた年したのボーイフレンドに逃げられたのだろう。

MGは二週間ぶりの会社が、くすぐったいほど快適だった。

MGが到着して十五分後、アルネ・ヤコブセンの白いテーブルとアントチェアが中央におかれた会議室で、パートⅣのミーティングが始まった。MGはまだ原案書を完成していない。進行役の克己がいう。

「宿題はパートⅢの改善点だったな。どうだ、なにかいいアイディアはあったか」

残りのメンバー全員の視線がMGに集中した。新しいアイディアをだすのは、つねにMGの役割だ。別にMGはそれを苦痛に思うことはない。

「ぼくはパートⅢでのゲームバランスの改良はうまくいったと思う。お客のアンケートでも反応は上々だった。パートⅣは全面改良でなく、マイナーチェンジでいい。ただ固定客がたくさんついた反面、新規のユーザーには操作がすこし複雑になりすぎたと思うんだ。オートモードにして、どんどんイベントをすすませてもいいけど、それじゃ簡単すぎておもしろくない。『女神都市』では、六つの方位にいる女神キャラは戦闘中のほかの地域には移動できない。そこでガイド役を新しく導入するといいと思う。東京のあらゆる場所と時間に呼びだすことができる、翼のついた都市の精霊だ。モデルはこの子で、ぼくは今東京のあちこちで撮影を始めている」

MGはそこでテーブルに広げたノートブック・パソコンを操作した。汐留のヨリの映像がクリックするたびに変化する。五枚の絵は最後に裸の背中を映して終了する。最初の反応は陽子だった。

「この子はいいね。すごくかわいい。かわい強いっていう感じかな。背中のタトゥもカッコいいし、女性ファンもきっとつくと思う」

水無月はテーブルから身をのりだした。キーボードによだれを垂らしそうだ。

「うん、確かにいい。でも、MG、どこでこんな子探してきたの。モデルクラブにいるようには見えないよ。なんかカメラ慣れしてないし、新鮮だ」

MGは肩をすくめた。自宅のそばのコンビニエンスストアだといえば、せっかくのヨリの神秘性が薄れるだろうか。

「ないしょだ」

水無月に負けないアイドルおたくのクロがいう。

「この子なら、Ⅳの発売キャンペーンでメインキャラクターになってもらってもいいな。翼のタトゥのCFをばんばん流してさ。芸能界でやっていく気はあるんだろう」

美容師になりたいといったヨリの顔を思いだした。夜明けの空のような透明感。

「わからない。当人はまだパートⅣのイメージづくりのためのアルバイトとしか思っていないんじゃないか」

オートロックのチャイムが鳴った。陽子がオフィスにむかう。しばらくして五つの飯台と日本茶をもってもどってきた。克己がいう。

「昼めしのまえにいいニュースがある。『女神都市III～まどろみのメトロポリス』が発売七週目で百万本の出荷を記録した。パートIIより六週も早い新記録だ。特上はそいつの記念ね。いただきます」

昼食と休憩をはさみながら、新作ゲームの改善点を洗いだすミーティングは三時間半続いた。脳は筋肉と同じだ。過酷につかえば熱をもって疲労がたまる。MGの脳は心地よい疲れで、熱気球のようにふくらんでいた。ミーティングの終わりに克己がいう。

「あの天使の子、今度会社に連れてこいよ」

水無月は髪をしばり直していう。

「そうそう。みんなが待ってるって伝えておいて。なんならぼくが全身をスケッチしてもいいし」

クロが口をはさんだ。

「へたくそなロリコンスケッチより、こっちで身体中に電極をつけてモーションキャプチャーしてやるよ。あの走りなんか、ゲームのなかでも映えると思うぞ」

ミーティングのあとで、MGは自分のデスクにむかった。たまっていた書類にサインと印鑑を押し、段ボール箱いっぱいの郵便物を片づけていく。電子メールは自宅に転送するように設定してあるので問題はないが、雑務を終わらせるのに一時間ほどかかった。克己がパーティションのむこうから顔をだす。

「今日はこれからどうする。いっぱいやるか」

MGは首を横に振った。

「久しぶりに会社にきて疲れた。今夜はゆっくり休みたい」

「明日は出社するのか」

「たぶんこないと思う。二回目の撮影があるから、昼は寝てる」

克己はMGと同じ年だが、妙に顔にしわが多かった。顔をしわくちゃにして笑い、声をひそめる。

「おまえ、さっきの子がお気にいりなんじゃないか」

MGは無防備に代表を見あげた。グラフィッカーの顔はますますしわだらけになる。年齢不詳の白魔術のつかい手のようだった。

「おれがいってるのは、モデルとしてじゃなく、女として好きなんじゃないかって話。MGの撮る写真はシャープで、いつだってプロ級だった。でも、あんな風に女を撮ったことなかっただろう。おまえの写真の女はいつも人形みたいだ。それがさっきの写真は、ちゃんと息をしてる人間になっていたよ」

MGには自分の撮った写真の違いがわからなかった。確かに楽しんで撮影していたとは思う。だが、それだけのことで、ヨリとは出会って数日しかたっていないのだ。MGは自分が恋愛に対しては低体温症だと考えていた。めったなことでは人を好きにならないし、孤独でいることに傷ついたりもしない。恋愛は生きるうえでの必要条件ではあるが、絶対条件ではないのだ。MGは克己にぼんやりと笑いかけた。そう見えるなら、そう思わせておけばいい。別に自分の本心や恋心などどうでもいい話だ。

松濤の事務所をでて、公園をとおり抜け、JR渋谷駅にむかった。MGは会社のいき帰りは毎日タクシーだった。JRとゆりかもめをのり継ぐのが不便なうえ、税理士にもっと経費をつかうようにいわれていたのだ。

夏の明るい夕方だった。鍋島松濤公園では金髪の子どもと日本人の子どもがお互いの母国語で話しながら遊んでいた。きちんと意味はつうじているようだ。池のまわりをめぐる遊歩道を歩いていると携帯のベルが鳴った。

「はい、相楽です」

MGは携帯電話でも礼儀正しく名のる癖がある。

「わたし、ヨリ。今、どうしてる」

一瞬こたえにつまった。MGの知りあいには、今どうしてるという質問をする人間はひとりもいなかった。今どうしてる。生きている。息をしている。夏の夕方の公園を歩いている。いくつか浮かんだこたえのなかから無難なものを選んだ。

「渋谷にいる」

ヨリの声が跳ねあがった。

「よかった。会社は渋谷だっていってたよね。MGがまだいるかもしれないなあと思って電話したんだ。わたしも渋谷にいるんだけど、これから会わない。それとも仕事中」

MGは克己の言葉を思いだした。人形ばかり撮っていた自分が、初めて撮影した人間の女。あれはほんとうのことなのだろうか。

「今、カメラはもってない」

「別にいいよ。これから四ヵ月もいっしょに仕事をするんでしょ。お互いもっと知りあっても悪くないじゃない」

「わかった」

どうもヨリには調子を狂わされてしまう。何度かのやりとりのあとで、渋谷の東急本店のまえで待ちあわせることになった。面倒だという気もちはあるのだが、公園をでるときには明らかに足どりが軽くなっている。

MGは自分の心が不思議だった。人の心には無数のレイヤーがあり、たとえ自分のものでもそのうちのいくつかの層までしか、見ることも感じることもできないのだ。自分の心の遥か深く、不可知の階層で、なにかが動きだしているのだろうか。

静かな住宅街をいくMGは、わずかにまえのめりの猫背で、夢のなかを歩く人のようだ。

ヨリはMGよりも先にデパートのエントランスにきていた。MGに気づくと、もたれていた深緑の大理石の壁面を蹴って、おおきく手を振る。なんのためらいもない感情表現だった。ヨリはタトゥをいれた子犬のようなものかもしれない。うれしいときはちぎれるほど尻尾《しっぽ》を振る。走りたくなれば、それがどこでもハイヒールを脱いで走る。

「待った?」

明るい渋谷で見るヨリは、真夜中の汐留のヨリとは違っていた。透明感は変わらないが、頬にはかすかに血の色が浮いている。カメラがむけられていないせいか、笑顔もこちらのほうが自然だ。

「ぜんぜん」

MGはヨリの全身をチェックした。前回と同じブーツカットのジーンズ、Tシャツはたぶん子ども用の古着で、形のいいへそもウエストも隠れない丈だ。白いサンダルはアスファルトでこすったタールの跡がななめに残っている。うえからしたまで合計してもせいぜい一万円くらい。ヨリの完璧なボディバランスがなければ、成立しないファッションだ。

「なんか変な感じだね、MGと明るいうちに会うのはさ。これから、どうしようか」

MGはヨリの全身をもう一度確認していう。

「ついてきてくれ」

そのまま高級ブランドが並ぶ一階のフロアにはいった。ヨリは居心地悪そうについてくる。

「まず、そのサンダルだな」

「これ、けっこう気にいってるんだけど」

ＭＧが歩いていくと、ヨリはブルガリのショーウインドウをのぞき歓声をあげる。細かなダイアモンドでケースを埋め尽くした新型のウォッチが豪勢な光りを跳ね散らしている。

「二百二十万だって、誰がこんなの買うのかなあ」

ヨリはウインドウから振りむいていう。

「なんだＭＧみたいな人が買うんだ」

最初に見つけたコール・ハーンにはいった。ヨリもつま先立ちで入店する。

「いらっしゃいませ」

頭をさげたダークスーツの店員にいう。

「彼女に似あうサンダルをひとつ選んでほしい」

ヨリはディスプレイのサンダルを手に取った。

「かわいい」

ベージュのスウェードで、ソールと内張りはピンクだった。つま先にはピンクの革のバラがついている。かかとは鉛筆ほどの細さだ。ヨリは裏返して、シールを確かめた。あわててサンダルをガラスの棚にもどし、ＭＧのところにやってくる。

「サンダル一足、六万円だって。こんなお店は早くでたほうがいいよ」

ＭＧはヨリに笑いかけ、店員にいう。

「あのベージュのサンダルを見せてください」

ヨリは押し殺した声でいう。

「ほんとに買うの。やっぱりわたしの給料から引くんだよね」

　ＭＧは声をあげて笑う。

「いいや、違う。全部衣装代で領収書をもらう。パートⅣの開発経費だ。ぼくには感謝しなくていい。そうだな、感謝するなら国税庁に感謝するといい」

　ヨリは鏡のまえでサンダルを履き替えた。店員はいう。

「スタイルがよろしいので、よくお似あいです」

　頬を染めて、足元を見おろすヨリにＭＧはいう。

「そのサンダルはいらないだろう」

　ヨリは首を横に振る。

「ダメ、それは去年ヨシトシに買ってもらったプレゼントだから。袋にいれてください。もって帰ります」

　店員がうなずいた。

「そちらのほうがよろしいかと存じます。素敵なサンダルですよ、こちらも」

　荷物が増えるだろうが、ヨリが自分でもつのでＭＧはかまわなかった。このフロアにはまだフェラガモもシャルル・ジョルダンもあるのだ。ＭＧは一度カードをつかい始めると、とまらない癖がある。クレジットカードをカウンターにすべらせ、鏡のなかの足元に見とれるヨリにいう。

「今日はきみに就職祝いをプレゼントする。うちの会社でも、ヨリの映像は好評だった。いつか遊びにくれば、みんな歓迎してくれるだろう。これからスーツと靴とバッグをそろえるから、覚悟しておくといい。買いものは体力だ。きみは慣れていないようだから、ひどく疲れるよ」

ヨリは目を光らせていう。

「なんだか足長おじさんみたいだね」

確かに三十二歳はヨリの年ごろからすれば、明らかなおじさんなのだろう。そこでMGはまだヨリの年齢を知らないことに気づいた。

「ところでヨリは今、いくつなんだ」

「二十歳《はたち》」

新しいサンダルひとつでこれほど喜ぶヨリと、背中に紺の翼を刻んだヨリが、MGのなかではうまく焦点を結ばなかった。クレジット伝票にサインをする。MGは領収書を財布のなかにしまった。

「つぎの店にいこう」

MGは不思議だった。金は使用するそのときまで、ステルス戦闘機のように存在しないのだ。つかうときだけ、実体をあらわす。MGは先に立って、無数の照明で磨かれた通路を歩いていく。

MGは自分のために金をつかうのはもう飽きていた。誰かのためにつかうほうがずっと楽しく、つかいでがある。MGは引き伸ばされた青春期の終わりにいた。その変化が年を取った証拠だとはまだ気づいていない。

ひとりでは生きられないのだと身体に染みて理解すること。それが大人になることだともまだわからない。

ＭＧがマスターしているのはゲームだけで、生きることは誰にもマスターできない永遠の試行だ。

II

1

足もとから見あげる塔は、先端が夜に溶けたガラスの柱だ。

六本木ヒルズ森タワー。深夜三時。五十三階の黒い塔は、フロアの光りで無数に切断されている。この時間ならニューヨークでもロンドンでも、市場は開いている。明るい窓のなか男たちは巨額の資金を、電子の速度でやりとりしているのだろう。ハードディスクに記録されるだけの実質のない資本移動である。

森タワー正面66プラザに、人影はなかった。MGはガードマンがいないか、ゆっくりと周囲を見まわす。ヨリは銀のスーツを着て、巨大なクモの彫刻のした、立っている。ジル・サンダーだか、ドルチェ&ガッバーナだか忘れてしまった。MGは領収書をチェックしないし、ショッピングバッグをもたない。どちらにしてもシャープなカットのシルクサテンのパンツスーツである。

「見て、MG」

ヨリはふくらんだクモの腹を指さす。

「金網のなかに白い卵がたくさんあるよ」

デジタル一眼のファインダーから目をあげる。クモの腹に白い石がびっしり詰めこまれていた。森タワー中腹に設置されたスポットライトから光りが落ちている。夜空をななめに貫く光りの滝だ。ヨリは八本の鋼鉄の足に囚《とら》われ、銀のスーツで光りを散らしながらポーズをつける。MGはもう一度ガードマンがいないのを確認して、シャッターを押した。フラッシュはたかない。東京の再開発地のなかでは、ここが一番警備が厳しいのだ。

「スーツなんて、短大の入学式以来だよ」

ヨリの声にはわずかな甘さがあった。MGが渋谷のデパートでクレジットカードをつかったのは、数日まえのことだ。大理石のフロアに発生した局地的な嵐。MGのショッピングには猛烈な勢いがある。罰するようにヨリの服を買い、ショッピングの途中でヨリは休ませてくれといったのだ。金はつくるのと同じように、つかうにも体力がいる。タクシーの後部座席とトランクいっぱいのショッピングバッグは、ヨリに資本主義の教訓を残した。翌日昼すぎまで起きられないほど疲労したのである。

「よく似あってる」

MGはファインダーのなかのヨリを見ていう。抑揚のないフラットな声。コンピュータの合成音声のようだ。

「よいしょ」

ヨリは銀のスーツで敷石に座りこんだ。足を投げだし、両手をうしろにつく。MGはすぐにシャッターを押した。スポットライトを浴びたヨリの顔は、クモの腹のなかの卵のように白い。パンツの太ももは張り詰めて、金属パイプのようだ。

「やっぱり撮ると思った」

MGは狙撃手のように片ひざをつき、重い一眼レフをかまえている。見ることは射ることで、対象から力を奪い傷つける行為だ。二十歳のこの女は、自分のイメージを売ることの、深い意味はわかっているのだろうか。ヨリは『女神都市《ヴィーナスシティ》Ⅳ』のキャンペーンによって、世のなかに知られていくだろう。

誰かに知られるのは、取り返しのつかないことだ。認知は、絶対的な一回性をもつ。人々は知り、知り得たものに必ずシールをつける。そのシールは一生はがれることのないタトゥのような刻印になる。ヨリの背中に開く翼のように。

「MGってさ、わたしが予想外のカッコをすると、絶対シャッター押すよね」

ヨリは三十万円のスーツで、砂色の敷石に寝そべった。ほこりまみれになる銀のサテンがMGには愉快だった。なんのブランドか忘れたが、いい気味だ。

「じゃあ、なにか、予想外の動きをしてくれ」

ヨリはまだ昼間の熱が残る敷石のうえで、いきなりクロールを始めた。全力で十五秒空をかいて、つぎは平泳ぎ。足は思い切り開かれ、白いハイヒールが少年のような尻を打つ。ヨリは最後にあおむけになって背泳ぎをする。手のひらが敷石をたたき、肉が石を打つ音はビル壁に複雑に反射する。背景には森タワーの明るい無人のエントランス。ヨリはおおきな声で笑っていた。どこかのフロアに勤める外国人社員が、肩をすくめ笑顔でとおりすぎていく。

「ねえ、写真ばかり撮ってないで、MGもここに座りなよ」

横になったまま、ヨリは頬づえをついている。スーツはくしゃくしゃに照明をたたみこんで、ビスチェの胸は汗で一面に光っている。MGは植えこみのそばにおいたカメラバッグから、ミネラルウォーターを抜いてヨリのとなりに座った。ヨリはラベルを見るとペットボトルを垂直に立て、のどに水を流しこんだ。スーツの袖で口をぬぐっていう。

「なんだか、変な気分。イタリアのスーツを着て、スイスの水をのんで、東京のビルのまえでモデルになる。世界が変っちゃった感じ。ちょっとまえまで、わたしレジ打ってたのに」

ヨリはペットボトルをMGにもどした。MGはのみ口を見る。

「渇いてるなら、のめば」

のどは渇いていた。手でぬぐうのも不自然だったので、そのままのんだ。体温と変わらない水が、ぬるぬるとのどを滑っていく。ヨリは低く笑う。

「間接キスとかがうれしかったのは、小学校の低学年までだったなあ」

MGはぼんやりと東京の鈍い夜空を見ていた。地上の光りに犯されて、空は灰色に濁っている。間接キスかとMGは思う。なつかしい響き。ゲームマニアのおたくたちには、案外萌《も》えのポイントになるかもしれない。パートⅣで女神と間接キスのできるお宝アイテムをつくってみようか。MGは誰かといっしょでも、ひとりきりになることが多い。ヨリはMGの考えなどかまわずにいう。

「わたし、写真を撮られるのが、こんなに気もちいいものだとは思わなかった。でもMG、どうしてわたしだったの」

ヨリとMGはクモの彫刻のしたで、あぐらをかいて正対している。ヨリの目は真剣で、MGは冗談でかわすのをやめた。

「ぼくにもよくわからない。ただ、あのコンビニでヨリを見たとき、カチリと音を立ててなにかがはまった気がした。パートⅣにつうじるドアの鍵が開いたって感じだ」

ヨリはMGにむけていた視線を、メトロハットの丸いガラス屋根に移した。

「それはゲームのことでしょう。わたしがいってるのは、なぜわたしという人間を選んだか、その理由」

MGは目をそらせて座っているヨリを見た。目のしたのラインがつりあがり、興福寺の阿修羅《あしゅら》像のようだ。男でも女でもない、戦いに疲れた目。

「ぼくはゲームのディレクターなんて仕事をしてるから、なんでも言葉にして人に説明しなくちゃいけない。そうしないと人は動かないし、ぼくはそれが得意だ。でも、ヨリのどこがぴたりときたか説明するのは、まだできないみたいだ」

リアルな世界よりも明るいファインダーのなかで、ヨリは急に顔を崩して笑う。空からつりあげられたようにひと動作で立ちあがり、尻をはたく。宙にまうほこりはスモークマシンの煙のようだ。MGはあわててシャッターを押す。

「いいよ。いつかそのこたえがわかったら教えてね。つぎの場所にいこう」

ＭＧは記録メディアの残量を確認する。ディスクもバッテリーも交換したほうがいいだろう。

「わかった。つぎは毛利庭園だ。池のまえで待ってるから、着替えてきてくれ」

行進するように腕を振って歩いていくヨリの背中を、残りわずかなメモリーにＭＧはコマ落としで記録した。


毛利庭園は森タワーの裏側にあるちいさな日本庭園だ。池を取りまいて高低差のある遊歩道がめぐらされ、アリーナ越しにテレビ朝日に面している。夜中の三時すぎでも、カフェは店を開けていた。オープンテラスのテーブルでは、なんの仕事をしているかわからない日本人と外国人が、真夜中でもサングラスをかけて退屈そうに座っている。

「おまたせ」

ヨリの身体からは緑の布が羊歯《しだ》のようにさがっている。地はモスグリーンで、淡い緑のオーガンジーがとめてあるのだ。ヨリが回転すると緑の円錐《えんすい》がやわらかに開いた。

「幼稚園のお芝居で木の役をやる子って、こんなの着せられるよね。ねえ、ＭＧ、宇宙メダカってなあに」

ヨリは水辺の掲示板に目を落とす。

「スペースシャトルにメダカを積んで、無重力状態で受精させたらしい。その子孫かな」

「なんのために、そんなことをしたの」

ＭＧは受精にも無重力にも興味はない。

「さあ、宇宙でセックスするとどんな子が生まれるか確かめたかったんじゃないか」

「誰が」

「科学者が」

ヨリはドレスをまくると、片足を柵のうえに伸ばし、掲示板を蹴飛ばした。アルミニウムのポールがななめになる。

「子どもはそんなことのために産んじゃいけないよ、絶対」

急に見せたヨリの怒りが、ＭＧには愉快だった。シャッターを押しながらいう。

「警備員がくる。それくらいにしておくんだ。池の奥の歩道にいこう」

遊歩道のゆるやかな階段をのぼり、池を見おろす踊り場にヨリは立つ。背景は明かりを消した東京タワーの黒い骨格だ。ヨリは柵を越えて、植栽にもたれる。

「木の役なら、こっちのほうがいいよね」

再開発地の公園では、樹木もデザインで選ばれているのだろう。形はいいが貧弱な幹に、ヨリは全身を預け、枝に腕をかける。

「ねえ、ＭＧ、自分がつくったゲームが百万枚売れるって、どういう感じ」

ＭＧは街灯の光りをはずれた撮影地点に苦労していた。単焦点の明るいレンズをつかっても、画面のほぼすべてがブラックアウトしてしまう。ヨリの顔と裸の腕、白いブーツが燐光《りんこう》を発して、ファインダーに浮かぶだけだ。

「実感はまるでない。確かなのは最終売上が六十八億になるというくらい。そのうち三十七パーセントがうちの会社にはいる。百万といわれても、全部幻みたいに感じることがある」

ゲームをつくる腕があがっている確信はあるが、それが時代のトレンドにあう保証はない。MGはいつまで仕事を続けるか、自分でもわからなかった。

「もしパートⅣができたら、わたしのイメージも百万人に届くのかな」

ヨリはジャンプして、高い枝からぶらさがった。枯れた葉が落ちて、ヨリの身体についた透明な布切れに絡む。正直に話しておいたほうがいいのだろう。自分には説明責任がある。

「誰かのイメージがそれだけの数の目にふれると、その誰かも必ず影響を受ける。視線には圧力があるし、見るだけでそこに経済が生まれてしまう。ヨリはもしかしたらスターになって大金もちになるかもしれないし、反対にひどく不愉快な目にもあうかもしれない」

ヨリは足を前方に振って、枝から飛びおりた。一瞬スカートのなかが白くのぞく。アスリートの太ももを、MGは素直にきれいだと思った。都心の再開発プロジェクトでも、セミの声はやかましかった。

「わたしがスターになるなんて、あり得ない話だよ」

「どうかな。ヨリは自分のことがわかっていない。うちの会社ではヨリをゲームのモデルとしてだけでなく、パートⅣの新発売キャンペーンにつかおうという話もでている。ヨリの背中の羽だ。テレビのなかでヨリのタトゥを見た人間は、きっとヨリのことを忘れない。ぼくがいうんだから間違いない。ヨリはきっと有名になるし、今のままではいられなくなる」

ヨリは怒った顔で柵を越えてきた。もともとおおきな目がファインダーのなかで、一段と見開かれる。レンズに顔をつけていう。

「そんなのはMGの勘違い。これからどうなっても、今のわたしは変わらない」

MGは二十歳の女性の言葉がまぶしかった。なんとか制作資金を銀行から借りだして、『女神都市』の第一作をつくりあげたとき、誰かに同じことをいわれたら、自分もヨリと同じ反応をしただろう。自分は変わらない。なにがあっても、今の自分は変えない。

だが、成功と富と時間は人を変えるのだ。若くして成功することが、これほど退屈なことだとは、MGは想像もしていなかった。成功のサイクルは一度覚えてしまえば、実に単調なものだ。あとは永遠の繰り返しが待つだけなのだ。

MGは『女神都市』のパートXIVを想像して、震えあがった。まさかそこまでは続かないと思う。だが、一本だけの収益の柱を、会社はやめさせてくれるのだろうか。二年に一作として、十四作目の発売のとき、MGは五十三歳になっているはずだ。ゲーマーだって年は取る。人は変わるし、ヨリのような若い女なら、なお変わるだろう。MGは口論を好まない。意志の力で笑顔をつくり、自分の可能性にまるで気づいていない女にいう。

「変わってても変わらなくても、ヨリはヨリだ。それより、今週中にうちの会社に顔をだすといい。みんな、会いたがってる」

うなずくとヨリはじっとカメラを見つめた。

「わかった。遊びにいく。でも、どうしてMGはそんなにいつも悲しそうなの。そのままでいいのに、なぜ自分を隠そうとするの。ＭＧはどうして、もっと楽に生きられないの」

シャッターにおいた指を離した。デジタル一眼を胸にさげる。最初はなにをいっているのだろうかと思った。ヨリの言葉はプールの反対側で起きた波紋のようにゆっくりとうねりながらＭＧに届く。

わかっていないのは、ヨリではなく自分なのだろうか。自分は誰をだまそうとして、これほど複雑なゲームシステムを考案するのか。仕事は自分と世界を分離する巨大な壁のようだ。成功するほど孤独になる。ＭＧは東京の夜空を見あげ、身動きできずにいた。ヨリの声は夜の木々のあいだを抜けてくる。

「ＭＧ、心配しないで。みんな、ＭＧのことが好きだよ」

黒い骨組みになった東京タワーのうえに、乾いた月がのぼっていた。満月を三日すぎて欠けた銀盤。ＭＧはなにかおおきなものに許された気がして、精密にデザインされた日本庭園のなか立ち尽くす。

もう一度ヨリを撮影しようと思ったときには、樹木の妖精は夜の緑に溶けている。ヨシトシがいっていたヨリの特別な力とは、これなのだろうか。ＭＧはこの気もちを記録するために、夜空に冴える月を千百万画素のＣＣＤで記録した。

2

二日後、MGは松濤のオフィスにいる。北欧家具に囲まれた安全地帯。MGは自分の部屋とデジタルアーミーでだけ、心からくつろぐことができる。代表の峰倉克己がMGのブースに顔をだした。革のパンツに、フリンジのついたスウェードのウエスタンシャツ。営利企業の代表からは、もっとも遠いスタイルである。声はちいさく硬い。めずらしく緊張しているようだ。

「MG、ちょっとふたりで話がある」

原案書のラフスケッチを、MGは模造紙に書き散らしていた。デスクいっぱいに開いた大判の紙に、〇・三ミリの水性ボールペンの文字をびっしり埋めるのだ。

「ここじゃできない話なのかよ」

横からキャラクター担当の松本水無月清四郎が口をはさむ。水無月の頬の肉は、生ハム数枚分、この数日で厚くなったようだ。

「ああ、おれとMGだけの話。水無月はビジネスには関心ないだろ」

「なんだよ、参加させろよ」

MGはそこでいった。

「夕方にはヨリがくる。そのときにちゃんと紹介するから」

元マンガ家は束ねた長髪の先を揺らし、満足げにパーティションのむこうに沈んだ。克己とM

Gは会社をでて、喫茶店に移動する。マンションの一階にあるカフェは、高原のペンションのような内装だ。白ペンキと節のある材木がたくさん。BGMは七〇年代のフォークロックだった。クロスビー、スティルス、ナッシュ&ヤング。ニール・ヤングが三十年を生き延びたのは、驚異的なことだ。MGは重いカシの椅子を引いて、窓辺に座る。克己はアイスコーヒーをふたつ注文するといった。

「EEの新しい社長が、おれたちに会いたがっている」

エッジ・エンターテインメントは、『女神都市』の販売を委託しているゲーム大手だ。MGは名刺交換をしただけの新社長をうまく思いだせなかった。

「なんて名前だったっけ」

「廣永《ひろなが》さん。来週おれとMGを食事に招待したいそうだ。用件はまだよくわからないが、どうしても時間をつくってくれといわれてる。とくにMGの時間をな」

「へえ」

MGには廣永のイメージがなかった。エッジは大手家電メーカーの子会社で、新社長もゲームとは無関係の部署からの天くだりだったはずだ。灰色のスーツを着ていたことしか、その男の記憶はない。

「まあ、顔つなぎじゃないか。うちのパートⅢと違って、むこうの『ロスト・イン・ザ・ダークⅦ』はおおはずれみたいだ。自社制作じゃない『女神都市』が売上の一位というのは、癪にさわるだろうな」

ＭＧは水だしコーヒーをのんだ。あと味はあっさりしている。

「わかった。来週、時間をつくる。その廣永とかいうおやじに会って、いい顔をしてこよう。会社のためじゃしかたない」

ＭＧは自分でも不思議だった。昔ならお偉いさんとの理由のわからない食事会など、絶対に断っていただろう。

「話はそれだけ？」

克己はじっとＭＧの顔を見る。声をさげていった。

「おまえ、パートⅣの原案書にはいって、だいぶやせただろ。おれはデジタルアーミーの代表としては、ＭＧにいい仕事をしてもらいたい。でも、友人としてはちょっと休んだほうがいいんじゃないかとも思う。どうせ、ＭＧは放っておいても、いいゲームをつくるんだ。もうすこしリラックスして、息を抜いたほうがいいんじゃないか」

ＭＧは旧友の顔を見つめた。心配しているのだろうが、表情にはださない。克己はＭＧの性格を知っていて、露骨な感情表現を避けているのだ。ＭＧは相手に負担をかけるのを、極端に恐れるところがある。克己の言葉はＭＧにヨリを思いださせた。

「最近、別な人間からも、もっと楽に生きられないのかっていわれたよ」

「そうか。ＭＧのことを気にかけてくれる人がいるんだな。やっぱり裕香さんか」

ヨリのスライドショーを見て、気まずい空気のなか帰っていったガールフレンドを考えた。今夜、電話でもしてみようか。

「いや、違う。裕香じゃなくて、あのモデル」

克己はいじわるな笑いを浮かべた。

「そっちの線か。なんだMG、原案書だけでなく、ちゃんと遊んでるじゃないか」

「だから、ヨリとはなにもないっていってるだろ」

裕香にヨシトシに克己。MGは何度、この言葉を繰り返しただろうか。デジタルアーミーの代表は笑って伝票をつかむ。

「わかってる。モデルの契約のなかに肉体関係はふくまれていないんだろ。あの子は悪い子じゃないと思うけどな」

MGは無言で席を立ち、レジで会計をすませる克己をおいて、先にオフィスにもどった。


ヨリが松濤に顔をだしたのは、通常の会社なら就業時間の終わる午後五時だった。細かくブースに仕切られたオフィスの木製ドアをたたく。

「あの、ここにMGいませんか」

ヨリは恐るおそる戸口から顔をのぞかせた。

「おお、待ってました。おはいりください。天使の羽ちゃん」

おたくの水無月は最初からおかしなテンションだった。このせいで数々の合コンを失敗しているのだが、当人は舞いあがっているのでそれに気づかない。ヨリは奥のブースに座るMGを発見して、安心したように室内にはいってくる。中央の打ちあわせテーブルに土産《みやげ》の紙袋をおいた。

「ケーキです。みなさんで、どうぞ」

早速ヨリを取りまいたのは水無月とプログラマーの黒田武史である。ヨリは白のチューブトップにラインストーンのはいったジーンズ。上着の代わりに白いメッシュのベストを重ねている。どれもMGといっしょに買った、撮影用の衣装だった。

細かな網目のした白い肌に紺の刺青がのぞいていた。天使の羽の丸くアーチを描くうえ半分だ。クロと水無月は争うように、ヨリの背中をのぞきこもうとする。ヨリは半身になって助けを求めた。

「MG、紹介してくれない」

席を立ち、十五秒でデジタルアーミーの取締役と監査役計四人を紹介した。ヨリは理解できないという顔で、笑顔を固めている。水無月はきっと好意を表現しているのだろう。にやにやとねばるように笑いながらいった。

「きみはタレントスクールとかモデルクラブとかはいってるの。MGとはどこで知りあったのかな」

ヨリは北欧家具のおかれたバンガローのようなオフィスで、MGにちらりと視線を送った。

「アルバイト先のコンビニです」

「えー」

声をあげたのはクロと水無月である。水無月はいった。

「じゃあ、どうやってMGはきみをスカウトしたんだ」

「レジでいきなり声をかけられて、きみはつかえる、ゲームのモデルにならないかって」

マネージャー兼連絡係兼監査役の大槻陽子がMGを見ていった。

「ふーん、MGってそんなふうに女の子に声をかけるんだ」

MGは社員の相手をせずに、ケーキの袋を取りあげた。オフィスからでるとき、背中越しにいう。

「コーヒーをいれてくる。みんなもちょっと休息するだろ」

狭い給湯室のなかで、オフィスから響く笑い声をききながら、お茶の用意をした。MGは誰かが楽しんでいる様子を、すこし離れた場所で眺めているのが好きだ。


六人は打ちあわせテーブルに集合して、ヨリのケーキをたべた。ヨリはすっかりメンバーに溶けこんで、男性陣の質問に華やかな声をあげる。MGにはそれがおもしろくなかった。嫉妬ではない。ふれれば切れるようなシャープさがヨリの味なのに、ここでは二十歳の未経験な女性を演じようとしている。その甘さが好きではないのだ。陽子がいう。

「ねえ、ヨリちゃん、『女神都市』パートⅣのテレビコマーシャルにでてよ。ヨリちゃんなら、キャンペーンもきっと話題になるから」

「そう、話題騒然」

「スター誕生」

水無月とクロが息のあったかけあいを見せた。ヨリは陽子にいう。

「どんなキャンペーンなんですか」

「主役がヨリちゃんだっていうくらいしか、まだわからない。イメージやコピーはどうせそっちの名スカウトがつくってくれるから。でも、発売日をはさんで一ヵ月からひと月半くらいヘビーローテーションでばんばん流すから、ヨリちゃんがどんな子なのか、ものすごく注目が集まると思う」

MGはさっさとダークチェリーがのったガナッシュを片づけた。ヨリを横目で見ていう。

「でも、彼女には美容師っていう目的があるから。このモデルのバイトも、美容専門学校の入学金をためるためだ。そうだよな、ヨリ」

ヨリは強い目でしっかりとMGを見つめた。はっきりという。

「わたし、パートIVのキャンペーン、やってみたいな。自分になにができるのか試してみたい。みんなの役にも立ちたいし、MGのモデルになるのは楽しいし」

「そうこなくちゃ」

水無月がおおよろこびでそういって、ロッカールームに走った。パートIIIの新発売キャンペーンでモデルに着せた六方位の女神の衣装をいくつかもってもどってくる。

「東の蘭揮《らんき》もいいし、南西の朱仙《しゅせん》もいいな」

女神たちの衣装は、身体の線と動きがよくわかるように、ボディスーツと水着の中間のようなつくりだ。水無月は交互にハンガーをヨリにあてる。

MGはメンバーの輪のなかから、じっと自分に視線をすえるヨリを黙って見つめていた。ヨリは自分がこの瞬間に未来を選んだことをわかっているのだろうか。

MGは苦いコーヒーをのみほし、にぎやかな輪からひとりはずれた。

3

克己とMGが青山にいったのは、翌週の月曜日のことである。エッジ・エンターテインメントの新社長は多忙を極め、自分から望んだ会食でもほかの日にはスケジュールの空きがなかったという。克己はバーバリー・プローサム、MGはヘルムート・ラングのスーツを着ている。どちらもラペルの細いシャープな今シーズンモデルだ。考えてみれば克己が代表で、MGがディレクターであるのも無理はなかった。クロと水無月は冠婚葬祭用の黒い背広以外スーツらしきものをもっていない。

青山一丁目の駅でおりて、昼間の熱気が残る風のなか、青山通りをゆっくりと歩いた。赤坂御所の石垣を左手に見ながら、カナダ大使館にむかう。仕事帰りの会社員がふたりと反対に駅のほうにむかう。

「おれたちはやったな。時間も金も自由になる。もうああして誰かのしたで働くなんて、考えられないよな」

MGはうなずいた。確かに会社員の生活はきゅうくつだった。だが、MGはゲーム制作会社に籍をおいていたころから自由だった。ほとんどの人間が従うルールをなんとも思わないところが

MGにはある。克己は遠い目で通りの奥に立つ赤坂のホテル群を眺めていた。

「おれは運がよかったよ。MGに会えたから。おれひとりでも、グラフィッカーとしてくっていくことはできただろう。そこそこ成功したかもしれない。だが、どれほどがんばっても『女神都市』みたいなメガヒットはつくれなかったと思う。うちの会社の成功は半分以上はMGのおかげだ」

成功はなにを自分にもたらしたのだろうか。MGは青山通りの幅広の歩道でぼんやりと考えた。青山ツインタワーの一階にはベルルッティが店をだしている。一足十万円以上する靴が、濡れた宝石のような輝きでウインドウのなか飾られている。今のMGはあの靴を一列すべて買うことができる。だが、それで生きることは楽になったのだろうか。

変化は買いものの際に値札を確かめずによくなったことと、税金をたくさん払うようになっただけだった。MGには成功は、ほとんどなにももたらさなかった。皮肉な神はそういう人間だけを選んで、成功を投げ与えるのかもしれない。腐った果実でも放るように。

「ここだったよな」

カナダ大使館は白い大理石張りの要塞のような建物だ。シティクラブ・オブ・東京は、その地下にある会員制の高級クラブである。法人会員になるには一千万だか、二千万だかの入会金が必要だったはずだ。

エッジ・エンターテインメントが入会しているので、MGと克己は以前にも一度そのクラブで食事をしたことがあった。料理の味はMGにはよくわからなかった。とても高価な味だと思っただけである。

無人のロビーの階段をおりる。厚い絨毯《じゅうたん》を踏んで、開いたままの扉を抜けると、受付カウンターのまえに中年の外国人が立っていた。ブラックスーツにブラックタイ。なめらかな日本語でいう。


「いらっしゃいませ」

克己はうなずいていった。

「エッジ・エンターテインメントの廣永さんと約束しているんですが」

男は一瞬でまったく敵意がないという歓迎の笑顔をつくった。外国人の特技だとMGは思う。

「廣永さまは、先にいらして、お待ちになっています。こちらへどうぞ」

赤いカーペットの廊下を奥の個室にとおされた。テーブルのうえにはワイングラスと銀の食器。壁のあちこちにさげられた鏡にきらめきが反射する。不必要な贅沢《ぜいたく》が生む光り。丸テーブルのむこうで白髪の男が笑っている。年齢はそれほどではないはずだった。

「久しぶりですね、峰倉さん、相楽さん」

「お待たせしました」

代表の克己が挨拶する。MGはただうなずいて、席に座った。十二畳ほどの個室の中央に白いクロスのかかったテーブルがひとつ。廣永の後方の壁際に猫足の椅子が一列並び、そこに秘書がふたり座っている。ひとりはひざのうえにノートパソコンを開いていた。

メニューはプリフィックスで、メインだけ三種類から選択するようになっていた。食欲のない

ＭＧはもっとも軽そうな魚に決める。食前酒はほかのふたりと同じシャンパンだ。廣永はシャンパーニュをみっつとウエイターに注文する。乾杯すると新社長はいった。

「『女神都市』パートⅢの大ヒット、おめでとう。さすがにデジタルアーミーのチームワークは完璧ですね」

同じ笑顔でも、この男には計算が透けて見える。廣永のスーツはまた灰色だった。マットに鈍く光っている。ウールとシルクの混紡だろう。

「ありがとうございます」

克己は型どおりの言葉を返す。代表の克己が交渉役で、ＭＧは観察者。最終的な判断はふたりで討論してくだす。それがデジタルアーミーの意思決定だ。

「今日はおいそがしいなか、急にお呼びだてして申し訳ない」

なにを売りつけられるのかと思わされる笑顔だった。廣永の感情は上品なしわのなかに完全に隠されている。

「そろそろ東証マザーズからなにかいってきませんか」

「いいえ、別になにもありませんが」

ＭＧは克己を横から見ていた。友人もまだ警戒を解いていない。

「意外だなあ。デジタルアーミーにもＩＰＯの声がかかって、当然なんですが。過去五年間の業績も申し分ないし、流行のＩＴ関連だ。相楽さんというゲーム制作の天才もいる。新作のパートⅢが百万枚を出荷して、世のなかはおお騒ぎになっている。今が絶好のチャンスじゃありませんか」

廣永は目を細めて笑い、ＭＧを見る。おまえのことは知っている。猟犬にそう牙《きば》をむけられたようだった。

「うちも株式のテンパーセントを保有させてもらっている。今上場すれば創業者利益でみなさんの懐には、数十億の資金が流入するでしょう。うちにとっても、デジタルアーミーにとっても悪い話ではない。新規上場にあたっては、わが社も清和エレクトロニクスも全面的にバックアップするつもりです。これはわたしだけの話ではなく、本社のゲーム機部門の担当取締役にも確認ずみの決定です」

清和エレクトロニクスは、年間売上七兆円を超える日本有数の総合家電メーカーだ。むこうがゾウなら、こちらはウイルスひとつ分ほどのスケール格差がある。廣永は残念そうにいう。

「エッジとデジタルアーミーの交流を、わたしはもっと密接にしたいのです。恥ずかしながら、『ロスト・イン・ザ・ダーク』の新作は散々の出来だった」

それまで黙っていたＭＧは、そこで口をはさんだ。

「『女神都市』と『ロスト』を抱きあわせ販売していたというのは、ほんとうなんですか」

価格の絶対的な拘束と流通業者への抱きあわせで、独占禁止法違反の疑いで調べがはいったのはつい先日のことである。廣永は慣れているようだった。

「いやあ、申し訳ない。うちの営業部の跳ねあがりが、そんなことをしていたようです。厳しくお灸をすえておきましたから、ご容赦ください」

廣永は頭をさげる振りをして、ＭＧを目を細めて見る。ＭＧも笑って、新社長を見つめ返した。笑顔ほど強力な鎧《よろい》はない。

「わたしたち清和グループとしては、できることならデジタルアーミーをグループのなかに三顧の礼をもって迎えいれたいのです。その節はできる限りのポジションとインセンティブは用意するつもりです」

絶好調のゲーム制作会社を支配下におきたいのだろう。エッジの制作部門は官僚化して、ペーパーワークの上手な人間に牛耳《ぎゅうじ》られているらしい。業界の友人からＭＧは耳にしたことがあった。廣永の声は真剣になる。

「できれば相楽さんにエッジの制作部門を助けてもらいたい。具体的には『ロスト』のパートⅧのディレクションをお願いしたいのです。現在のチームはⅦの壊滅的な失敗で、ばらばらになってしまった。あれはエッジの柱で、このまま失うわけにはいかない戦力です」

廣永は優秀なビジネスマンのようだった。考えるひまもなく、新しい考えをぶつけてくる。

「清和グループの力とデジタルアーミーのアイディアがあれば、日本のゲーム業界で揺らぐことのないトップの地位を固めることができる。エッジ・エンターテインメント・アメリカからは、新しいゲームの開発要請を受けています。あちらの市場で圧倒的なシェアを占めるファーストパーソン・シューティングを、日本のきめ細かなセンスでつくりこめないか。その新作にわたしたちはハリウッドの超大作を越える宣伝広告費を計上するつもりです。目標は百万枚ではなく、全世界で一千万枚を売りあげること。そのためには、デジタルアーミーの力がぜひとも必要だ。あなたがたはわが国のトップガンだ。世界の空で思う存分、戦ってみませんか」

ゲーム制作者なら誰でも心を動かされる申し出だった。MGは克己と目をあわせた。克己の心が揺れているのがわかる。目はかすかに焦点を失っていた。高価なシャンパーニュのせいだろうか。

「どうも、わたしはせっかちでいけない。メインがくるまえに、こんなに話しては腹がいっぱいになってしまいますね。でも、わたしは本気ですよ。あなたがたふたりにエッジの制作部門を見てもらいたいし、なんならうちの社外重役になってもらってもいい。もちろんその場合は、本社の承認が必要になりますが、おふたりならなんの問題もないでしょう」

それからの一時間、廣永と克己がゲーム業界の噂話をするのを、ぼんやりとMGはきいていた。清和グループからのオファーは魅力的だった。だが、エッジの傘下にはいって、デジタルアーミーはどこまで独立性を保てるのだろうか。資本関係を強化すれば、必ずゲーム制作の現場にも口がはいってくるはずだ。資金の提供者に強い発言権が与えられるのは、どの業界でも同じだ。

MGはガラスの森のようにほぼ同じ高さで並ぶワイングラスを眺めていた。コップひとつとナイフとフォークが一本ずつ。そんな夕食がなつかしくなって、急に洋食屋のオムライスがくいたくなる。目の裏に鮮やかに思いだしたのは、浅草観音通りの洋食屋である。あそこのオムライスとつけあわせのクリームコロッケをたべさせたら、ヨリはなんというだろうか。

「相楽さん」

急に名前を呼ばれて、ＭＧはクラブの個室に引きもどされた。

「パートⅣの原案書に取りかかったそうですね。なにか新しいアイディアはできたんですか」

廣永の顔には儀礼ではない好奇心が見える。この男にヨリの背中の羽について話し、理解を得ることはできるだろうか。

「ひとり素晴らしいモデルを見つけました。でも、それがどんなふうにゲームに生きてくるのかは、秘密です」

もちろん、それは秘密だった。ヨリが新しいゲームのなかで、どんなふうに動くのか。ＭＧにもまだよくわかっていなかったのだ。どちらにしても、ヨリがＭＧの予想をうわまわる力を発揮しなければ、パートⅣは傑作にはならないだろう。

制作者の限界をすこしだけ超えた場所。傑作はいつもそこで生まれるのだ。

4

裕香から電話があったのは、その日の夜のことだった。翌日の午前中から天王洲アイルの第一ホテル東京シーフォートで取材があるという。ＭＧは遅い昼食の約束をして、電話を切った。頭のなかはエッジとの提携の話でいっぱいだ。それが素晴らしいオファーなのか、巨大資本の罠なのか。廣永とカナダ大使館のまえで別れたあとで、近くのコーヒーハウスでＭＧと克己は一時間以上も議論をしたのである。

火曜日は快晴だった。ＭＧは起きだすとまずリビングの窓のまえに立つ。カーテンは生活くさくなるので使用していない。窓はいつも東京湾に開かれている。レインボーブリッジのうえに広がる天気を確かめるのが習慣だ。その日はすでに鉱物質の青が、視界の半分を占めていた。昼のニュースは、最高気温が三十五度を超えるという。東京はこの数年で完全に亜熱帯になったのだ。ネクタイにスーツ姿の気象予報士が哀れだった。亜熱帯には羊毛のスーツ以外の選択があるはずだ。

ＭＧは寝汗をかいた身体を水のようにぬるいシャワーで流した。あとで汗をかくのが嫌なのだ。白い麻の長袖シャツにベルボトムのジーンズ。靴は白のカーフのストレートチップにした。避暑地にでもでかける格好。地下の駐車場から紺のレンジローバーをだしたときには、約束の時間の十分まえだった。

天王洲は海岸通りをまっすぐ三キロほど南下した場所にある再開発地だった。通りにはコンテナを積んだトラック以外、あまり乗用車は走っていない。道路は快適に流れて、ＳＵＶは数分で倉庫街のなかに建つ高層ビル群の足元に滑りこんだ。ここの信号は運がよければ、まったくつかまらずにすむのだ。それには、途中の信号ふたつ分のあいだ、思い切りアクセルを踏まなければならないが。

地下駐車場に車をいれて、エスカレーターで地上階にあがった。三階分の吹き抜けになったフロアにテーブルが並んでいる。天王洲はどの季節のどの時間にきても空いていた。満席のレストランを見たことがない。ランチタイムのグランカフェは、四分の一もテーブルが埋まっていなかった。

MGは高さ五メートルほどの湾曲した窓のむこうに広がる運河を見つめた。波はない。油を塗ったように水面は静まり、黒く空を映していた。テーブルのあいだを縫ってやってくる小手川裕香に気づいた。ベージュのパンツスーツ。裕香はMGと同じで、紺と黒とベージュと白のスーツを数着ずつクローゼットにさげている。百七十を超える長身の裕香には、細みのパンツスーツがよく似あっていた。

「お待たせ」

裕香には前回の嫌な空気は残っていない。MGは安心していう。

「ここはランチバイキングだったな。食欲は」

ビジネス誌の編集者は細い指先で腹を押さえる。その腹のやわらかさをMGは知っている。

「もうぺこぺこ。わたしはMGと違って、ひと仕事すませてきたんだからね」

MGと裕香は席を立って、壁沿いのテーブルにむかった。トレイに数枚の皿をのせ、ゆっくりと数十種類の料理を確かめる。女といっしょにホテルのバイキングをたべるのは、なぜ楽しいんだろうか。食欲などまったくないのに、ローストビーフとフルーツを山のように皿に盛りあげてMGは不思議に思う。ドリンクのコーナーでは、普段なら絶対口にしないオレンジジュースとカフェオレを選ぶ。席にもどると自分のトレイを見おろして裕香がいった。

「いつもこんなのたべてたら、このパンツすぐにはけなくなっちゃうよ」

MGは正直にいった。

「すこしくらい太ったほうが、裕香はいいんじゃないか」

そちらのほうが抱き心地がいいとはいわなかった。脂肪と筋肉もバランスなのだ。どちらか一方では、肉体のゆるさと張りをあわせて表現することはできない。

「昨日、エッジ・エンターテインメントの社長に会った。うちの会社ともっと関係を深くしたいそうだ。あの廣永という社長について、なにか噂はきかないか」

裕香の会社では、記事を外部にほとんど発注しなかった。それぞれの編集者が自分で原稿を書いている。

「すごくやり手だという話だけど、詳しくは知らない。今度、編集部で調べておいてあげる。それでどんないい話があったの」

経済に強い裕香はのみこみが早かった。サラダをダストシュートのように口に放りこむ。女性の食欲は性欲と同じで、いつだって見ものである。

「ぼくをエッジの制作担当の社外重役にしてもいいって。『ロスト・イン・ザ・ダーク』の新作のディレクションを頼みたいらしい。それにデジタルアーミーのＩＰＯ支援とアメリカで発売するエッジの超大作の企画もまかせるそうだ」

「いい話じゃない、ＭＧ」

ＭＧはガラスのむこうの運河を見た。波はなくとも、あのしたには見えない流れが潜んでいるはずだ。

「悪い話じゃない。でも、よく考えなきゃいけない。仕事のスケールをおおきくすることだけが成功の基準だったのは、バブルのころの日本経済と現在の銀行再編だけだ」

「そうね。いいほうのケースもあれば、悪いほうのケースもある」

チコリを前歯でかみながら裕香はいう。うわ唇の左端でわずかにルージュが輪郭をはみだしていた。

「『ロスト』とアメリカの新作が失敗すれば、エッジはうちをあっさり見捨てるだろう。あとはおいしいところだけ、しゃぶられておしまいだ」

「でも、両方成功すれば、あなたはゲーム業界のトップに立てる。わかった。じゃあ、これまで廣永社長がどんなことをしてきたか、経歴を調べておいてあげる。反社長派の人もいるだろうし、うちの雑誌、新社長紹介のページもあるから、企画をだしてみるね」

「サンキュー、助かる、裕香」

裕香はフォークをおいて、ナプキンで口をぬぐった。

「それでお返しというわけじゃないけど、わたし今日の午後は夕方まで時間あるんだ。資料探しってホワイトボードには書いてきた。お台場で買いものなんかして、そのあとMGの部屋にいかない。このまえもしちゃったけど、今日もそんな気分なんだよね」

裕香は頬を上気させて、うわ目づかいになる。

「それとも今日は、MGいそがしい？」

こんなとき、MGはすぐに相手を抱き締めたくなる。女性の欲望は男性には透明なのだ。素直に表現されると、それだけで感謝の対象になる。

「いいよ。どうせ、今日は夕方から会社に顔をだそうと思っていた。みんなが働いているあいだにデートするなんて、最高だ」

「じゃあ、体力つけなきゃね」

ＭＧと裕香はオレンジジュースで乾杯して、やわらかなローストビーフを切り刻んだ。

5

夜九時すぎ、インターフォンが鳴った。同じ週の木曜日である。遅い時間の宅配便だと思って、ディスプレイをのぞくと、ヨリのボーイフレンドのヨシトシが腕を組んで立っている。液晶の映像は奇妙に歪んで、男の額は平たい石のように広がっていた。

「なんだ、きみか。用件はなんだ」

ヨシトシは目を細めてＣＣＤをにらんでいる。右腕の鎖のタトゥがうねるように締まった。

「話がある。ちょっとでてきてくれないか。あんたがくるまで、おれは何時間でもここで待つ」

「何度いえばいいんだ。ぼくはヨリには手をだしていないんだぞ」

黒革のベストを着たヨシトシのうしろで、マンションの住人がちいさくなっていた。ＭＧはあわてていった。

「わかった、すぐにいく」

ＭＧはＴシャツのうえにシルクの半袖シャツを重ねた。短パンをジーンズにはきかえると、財布と鍵をもってエントランスにおりた。ヨシトシはコンクリート打ち放しのロビーで壁にもたれている。身体の厚みはMGの一・五倍はあるだろう。背はわずかにむこうのほうが低い。

「悪いな、急に押しかけて。ここじゃ話しにくいから、ちょっときてくれ」

ヨシトシは、MGの返事を待たずに背中をむけて歩きだす。肩幅の広さはあらためて見ると驚異的だ。デザイナーズマンションをでると、歩道の端にハーレー・ダビッドソンがとめてある。

「これにぼくがのるのか」

ヨシトシはうなずいて、シートにおかれたヘルメットをMGにさしだす。

「ああ、ほんの一分のツーリングだ。男のうしろにのるのは気がすすまないだろうが、ちょっと我慢してくれ」

ヨシトシが先に鉄の馬にまたがった。しかたなくあごひもを締めて、MGも続く。ヨリのボーイフレンドの腰に手をまわすのが嫌で、シートのうしろに両手を突いた。ヨシトシはつぎの瞬間、キックスターターを踏み抜く。

「いくぞ、つかまってくれ」

大排気量のVツインエンジンはトルクが分厚い。上半身をおいていかれそうになる。MGは思い切りシートを両足で締めあげた。バイクは夜の海岸通りを加速していく。全身を風に吹かれるよろこびを久々に思いだした。まだコンピュータゲームにはまる以前、自転車で東京の下町を駆けまわっていたころが鮮やかに浮かぶ。あのころ自転車は時と場所を自在に越える魔法ののりものだった。一千万円以上もする高価なMGの自動車は、そんな翼を与えてくれたことはない。ただ便利で、快適だというだけだ。

「気もちいいな」

MGは風にむかって叫んだ。口を開けると、海のにおいのするしめった空気がはいってくる。ヨシトシは無言でうなずいて、さらにアクセルを開いた。


三十秒ほどでハーレーが到着したのは芝浦埠頭だ。遠くレインボーブリッジが照明を浴びて白く夜空に浮きあがり、螺旋のアプローチが海上に巨大な円を描いて橋にのぼっていく。港のむこうには東京水上警察署の赤い灯が見えた。船着場にバイクをとめて、エンジンを切った。ちいさな波音がもどってくる。ダルマ船とタグボート、資材や人を運搬する小型船舶が駐車場のようにつながれた都心の港だ。日にさらされたロープや乾燥し切ってつかいものにならなくなった浮き輪が、コンクリートの堤防の端に積みあげてある。MGはヘルメットを脱ぐという。

「話ってなんだ」

ヨシトシはコンクリートで固めた岸に立つ。MGに背をむけたままいった。

「ヨリには、おれが見えなくなった」

意味がわからない。この分厚い背中とタトゥで濃紺に染まる右腕が見えないとでもいうのだろうか。

「あんたもヨリにきいただろ。おれが久里浜に送られた事件の話」

「ああ」

夏の夜の三対一のケンカ。ヨシトシはリーダー格を植物人間にしている。きっとこのあたりでは、伝説になっていることだろう。

「あの夜おれはヨリといっしょに海沿いを歩いていた。ひどく暑くて、部屋のなかにじっとしていられなかったんだ。おれが堤防を越えて、船着場にいこうとすると、ヨリがいった。ダメ、そっちにいっちゃいけない」

ヨシトシはMGを振りむく。首の太い銀の鎖が音を立て、形を変えた。

「おれはヨリのいうことなどきかなかった。ヨリは必死におれをとめた。むこうにいけば、おれが恐ろしい人間になる。怪物になったおれが見えたんだそうだ。おれたちはそのまま夜の散歩を続け、三分後やつらに出会った」

MGは潮のかおりをかいだ。その夜もこれと同じ湿った夏のにおいがしたのだろう。

「やつらは三人でロープの山に寝そべり、ビールをのんでいた。のみ終えた空き缶は、海に投げ捨てる。このあたりの海はおれのちいさなころからの遊び場で、おやじの仕事場でもある。おれはやつらに、缶を捨てるなといった。やつらの返事は、ヨリをおいてひとりで帰れだ」

そのとき黒革の背中が急にふくれあがったように見えた。ヨシトシが深呼吸をする。

「口ゲンカはすぐにもみあいになった。あとのふたりは加勢をせずに、兄貴分にまかせている。おれより十センチばかり背の高い男だった。闘わずにすませようと思ったんだろう。やつはすぐにナイフを抜いた。こんな女のために刺されたくはないだろ。ほかにも女なんていくらでもいる。やつはナイフ、おれは足元に落ちていたコンクリートのかけら。おれたちは海のそばでむきあって、どちらも引けなかった。おれにはヨリがいて、むこうには手下のふたりがいる。ガキの根性の張りあいだ」

MGは口のなかが渇いていた。冷たい水がほしくてたまらなくなる。声がかすれてしまった。

「それでどうなった」

背中しか見ていないのに、MGはヨシトシが微笑《ほほえ》んでいるのがわかった。ちいさな波音にまぎれるようなひどく優しい声。

「おれの右腕にはひじのうえから手首にかけて三十センチ近い傷がある。タトゥはそいつを隠すためでもあるし、あのときの勇気を記念したものでもある。おれは刺されて、切られたが、最後に片をつけたのはコンクリートだった。頭蓋骨《ずがいこつ》って、コンクリートよりはやわらかいんだな。かけらの形にへこんでいたよ」

MGに言葉はなかった。遠い海のむこうに台場の遊園地の明かりが見える。巨大な観覧車のネオンが、そのまま空に転がっていきそうだ。

「話はまだある。あれは久里浜からおれが帰って、二年目の冬だった。おれはおやじの船で仕事を手伝っていた。うちは細々とものや人なんかを運ぶ、海の運搬業みたいなもんだ。その日は風はそれほどではなかったが、妙に波がうねっていた。テレビの制作会社から、仕事がはいった。隅田川の河口近くのダルマ船で撮影していて、そこまでスタッフを連れていってほしいという。おれが電話を受けたとき、ヨリはそばにいた。顔を青くして、頭が痛いとあいつはいう。その仕事絶対に受けなきゃいけないのってな」

ＭＧは黙って、ヨシトシの言葉を待った。ダルマ船がゆったりと潮に揺られて、シートで隠された甲板を上下させている。

「まえのこともあったからな。おれはすぐに電話をいれて、仕事を断った。船の調子が悪いとでもいえば、簡単だ。その仕事はうちのおやじの知りあいが請けた」

今度はきかずにはいられなかった。

「ヨリの予知はまたあたったのか」

ヨシトシは刺青に染まる右腕を夜のなか振りまわす。じっとしていられないようだった。

「ああ。急に波がでてな、スタッフがひとり船から落ちた。すぐに引きあげたが、低体温のショックで助からなかった。結局、おやじの知りあいは、その事故がもとで船をおりたよ。腕のいい船のりで、おれがちいさなころにはよく遊んでもらったんだけどな」

ＭＧは非科学的な力を簡単に信じるほうではない。だが、ヨシトシの言葉には圧倒的な力があった。ヨシトシの右腕を見る。鎖のトライバル模様のタトゥのしたで、古傷が白く盛りあがり、手首へとうねっていた。竜を閉じこめた鎖の刺青。低い声は続いている。

「ヨリは一番大切な人の未来が見えることがあるんだそうだ。つい最近まで、そいつはおれだった。それが見えなくなったという」

恐るおそるＭＧは口にした。

「今はぼくになったのか」

ヨシトシはＭＧをしたからにらみあげる。

「うぬぼれるな。今は誰も見えないってさ。おれもあんたも、同じラインに並んだんだ。だが、おれはヨリを手放す気はない。ただのモデルに雇ったあんたとじゃ、運命の深さが違う。おれはヨリに船のりの命を助けられた」

MGはなぜ自分が弁明しているのかわからない。それでも口をついて言葉がでてしまう。

「だから、ぼくはヨリとつきあうつもりはない。あんな怖い女は、きみのほうが似あいだ」

「ほんとにそうなのか。あんたはヨリの値打ちがひと目でわかったんだろう。きれいなだけなら、ほかにもいくらでも女はいる。だけど、ヨリは特別だ。あんたならわかると、おれは思っていた」

自分はヨリのどこを見ていたのだろう。ほんとうに表面の光りと見事なバランスの骨格だけを雇ったのだろうか。ヨシトシはハーレーにむかって歩きだす。

「急に呼びだして、悪かったな。これであんたにヨリの話は全部伝えた。これからおれたちはあの女を争うことになる。おれは一歩も引くつもりはない」

ヨシトシは鎖の右腕をあげてみせる。

「それはあの夜と同じだ。あんたはナイフはつかわないだろうがな」

MGはこの不気味な若い男が、急に好きになった。いっしょにバイクにむかいながらいう。

「どっちが勝っても、船にはのせてくれよ。それで、ときどきいっしょにのまないか」

ヨシトシはやれやれという表情でMGを見る。

「頭のいいやつって、みんな変わってんのな。あんたもきっと、ちょっと変態だぜ」

ＭＧが後部のシートにまたがると、鉄の馬は再び海岸通りを駆けた。

三車線の道路の先には一台しか自動車の姿はなかった。左右におおきくローリングしながら、白いグロリアが走行している。空気力学的には意味のないテールウイングは長さが五十センチほどある。低く排気音をもらすマフラーは、粉ミルクの缶のような太さだ。

「つかまっていろ」

ヨシトシはそういうと一気に加速した。グロリアが逆の車線に蛇行した瞬間に、路肩を抜き去ったのである。そのまま走りすぎようとしたハーレーを、今度はまっすぐにグロリアが追ってきた。ぴたりとバイクの尻につけてあおってくる。ヨシトシは黙ってブレーキをかけた。道路の中央でハーレーをとめる。スモークフィルムを張ったグロリアは、エンジン音を響かせ、低くかまえている。ヨシトシは困ったように笑ってみせた。

「ここが誰の街か、教えてやらなきゃいけないな」

ヨシトシは散歩の途中のように気軽に歩いて、車高をさげた車に近づいた。窓がゆっくりとおりる。ドライバーはやせたリーゼントの男。となりにもうひとり、運転手の粗悪なクローン再生が座っている。男たちは口々に叫んだ。

「やるのか、このヤロウ」

ヨシトシはなにもいわずにドアミラーに手をかけた。右腕の鎖を絞る。流線形のドアミラーをむしり取った。開いた窓から、車内に放りこむ。

「こんなゴミ、このあたりに捨てていくなよ」

運転手がなにかわからない叫び声をあげて、ドアを開けようとする。ヨシトシは左手でしっかりとドアを押さえつけたまま、右のこぶしをリーゼントにぶつけた。速くはない。力もはいっていないようだ。それがごつごつと波音のように一定の間隔で続く。男の顔はすぐ血まみれになった。助手席のもうひとりは、恐怖のあまり声もでない。

「もう、よせ」

MGはハーレーをおりていう。ヨシトシはやめない。男のほうは見ずに、MGをじっと見つめている。MGはようやく気づいた。これはただの示威行動なのだ。見事な行進をする軍隊と同じだ。ヨシトシはMGに見せたくて、男をなぐっているのである。

ヨシトシは男をなぐるのをやめると、ゆっくりとグロリアの周囲をまわった。気がむくとライディングブーツのつま先でボディを蹴りあげ、サイドウインドウはこぶしでたたき割る。サーフボードを積んだような不恰好なテールウイングは、ばりばりはがして車内に無理やり押しこんだ。ヨシトシは助手席に声をかけた。

「わかったら、まっすぐに家に帰れ。つぎにこの街にきたら、おまえもそいつと同じにしてやる」

運転席のリーゼントは開かない目から涙を流している。車のなかでなんとか座席を代わると、傷だらけのグロリアは走りだした。ヨシトシは片方が割れたテールライトを見送るといった。

「さあ、いこうか」

ＭＧは魅せられたようにうなずき、ハーレーにのった。

6

金曜日の真夜中、浅草寺の境内は無人である。仲見世はきれいに雨戸が閉じられ、巨大なロックールームのようだ。電球をしこんだ提灯《ちょうちん》はまだついている。人がいないと、プラスチックの造花の飾りは色鮮やかな分だけ虚しかった。ヨリは夜明けに咲く朝顔色の浴衣《ゆかた》を着て、石畳の参道に立っている。

ＭＧは雷門をなめるように、ヨリを撮影する。最先端の再開発プロジェクト地だけでなく、浅草のような下町でもヨリは見事に街を着こなしてしまう。どんな場所にいっても、ひとりだけ背景から浮きあがるのだ。未来が見えるかどうか定かでなくても、モデルとしての才能は疑いがない。ヨリは五重塔にむかって歩きながらいう。

「ヨシトシからきいた。ＭＧに見せるために、誰かをボコボコにしたんだって」

ＭＧはうなずいて、シャッターを切った。朱塗りの塔はしたから照明を浴びて、濃紺の夜空に浮きあがる。ヨリと同じだ。なぜかスポットライトを浴びるように生まれついたのである。塔の朱と空の紺。ＭＧはヨシトシのこぶしについた男の血と鎖の刺青を思いだした。

「ヨシトシはいくつになっても子どものままなんだ。困るよ」

ＭＧは浅草寺本堂にあがる階段のまえでヨリをとめた。ファインダー越しに声をかける。

「ヨリ、好きな男の未来が見えるってほんとうなのか」

一瞬だけ返事に詰まったようだ。ヨリの空白の表情は、美しい動物のようだった。

「見えるというのとは、ちょっと違う。それに悪いことしかわからないんだ。気分がひどくなって、吐き気がして、つぎの瞬間、ものすごい速さでイメージがたくさんやってくる。雨に打たれるみたい。意味がわかるのもあれば、わからないのもある。目のなかで嵐が起きるんだ」

MGは見事に浴衣を着こなすヨリが不思議だった。少女のような硬い線と成熟した女性のやわらかな線が、身体のあちこちで競っている。

「まだぼくのイメージは見ていないんだな」

ヨリはそっぽをむいていう。

「つぎはどっちにいくの、MG」

MGはカメラから片手を離して、右手を示した。二天門は隅田川に抜ける浅草寺の出口だ。下町の路地のなかにヨリを立たせたかった。

「彼はぼくがライバルだといっていた。これからヨリを奪いあうことになるんだそうだ」

シャッターをおろした商店街を抜けながら、ヨリは厳しい顔で振りむく。

「いっとくけど、わたしはMGの未来なんて見たことないから」

カメラを抱えたまま、負けずにいう。

「誰かをなぐり殺しそうになったり、水難事故にあったり、ろくでもない未来ばかりだろう。見てもらわなくて結構」

ヨリは手焼き煎餅屋のシャッターにもたれて、無意識にポーズをつける。

「ときどきMGって、ものすごく憎らしくなる。意地悪っていわれないの、裕香さんに」

いきなりガールフレンドの名前をだされて、MGはあわてた。スローシャッターなのでカメラを固定しなければならないのに、手ブレを起こしてしまう。

「誰に裕香のことをきいた」

ヨリは舌をだした。

「水無月さん。あの人おもしろいね」

江戸通りにぶつかるとヨリはいう。

「つぎはどうするの」

MGはタクシーしか走っていない大通りを見た。横断歩道までは左右どちらもだいぶ歩かなければならない。

「ここでわたろう。橋のうえのヨリを撮りたい」

「だって、わたし浴衣で走れないよ」

「いいから早く」

MGは車の切れ目で歩道をおりた。ヨリに手をさしだす。

「いくよ」

同時にヨリの手を引いて、江戸通りを小走りに駆けだした。

「待ってよ、MG」

夜風が肌のおもてに心地よかった。幅広の道路をわたり切ると、MGは息を荒くした。短距離走の選手だったヨリは平気な顔で、手近に見える言問橋《ことといばし》にむかう。朝顔色の背中がいった。

「やっぱMGって、おじさんかも」

MGは揺れる背中の写真を撮り続けた。写真を撮るには暗すぎるし、歩きながらでは手ブレでつかいものにならなかった。だが、この夏の夜の空気をなんとか記録しておきたかったのだ。

言問橋にむかうゆるやかな坂の途中で、ヨリがいう。

「空を見て」

MGはファインダーから目を離し、隅田川のうえに広がる空を見あげた。嵐が近づいているのだろうか。夜の積乱雲が続々と上流から風に流されてくる。橋のなかほどにさしかかると、急に風が強くなった。

自動車は猛烈なスピードで駆け抜けるが、淡いオレンジの街灯に照らされた歩道を歩く人影はない。都会の川の両岸はどこまでもビルの絶壁が伸びている。千住にかけて、ビルの渓谷は左に湾曲していく。ヨリは丸く面取りした御影石《みかげいし》の欄干に手をかけた。正面から風を受けていう。

「ねえ、MG、なぜ自分の心って自分の思うようにならないんだろう。わたしはヨシトシが大好きだったはずなのに、どうして気もちが離れていくのかな」

MGにこたえはなかった。ファインダーのなかで振りむいたヨリの顔が、おおきくなる。目はかすかに涙ぐんでいるようだ。ヨリの後方には嵐の空が広がっていた。ファインダーのなかのヨリは、浴衣を着たモナリザのようだ。

風に乱された髪がヨリの唇に張りつく。ＭＧはなにも考えずに手を伸ばし、頬からいく筋かはがそうとした。ＭＧの手にヨリの熱をもったてのひらが重なる。つぎの行動は一瞬のうちに起こった。

ＭＧはぶつかるようにヨリを抱いていた。ヨリに抱かれていたのかもしれない。嵐のような風のなか、長い橋の中点でふたりは抱きあい、キスをする。それは相手をのみ尽すほど激しいくちづけだ。

なぜ自分はヨリを抱いているのだろう。ＭＧは震えながら疑問に思い、いっそう強くヨリを抱き締めていた。

III

1

夜の積乱雲は灰色の岩だ。角はごつごつと荒く、くぼみに墨がにじんでいる。

隅田川の上流から嵐の空を押し流され、巨大な重量が夜空を埋め尽くそうとしていた。東京の空に黒いふたが閉まったようだ。低い雲のした、ＭＧはヨリを抱いている。言問橋の中央。真夜中の二時。目は閉じている。デジタル一眼は足元においた。オレンジの街灯に照らされた歩道に、人影はない。

全身に感じるのは、ヨリの熱と川をわたる夏の終わりの夜風の冷たさだ。ヨリの身体から送りこまれた熱は、嵐の風に冷まされていく。ＭＧは高性能のヒートポンプのようだ。女の命の熱を奪い、空に返す一本の空っぽの管である。

舌はヨリの口を探る。湾曲した前歯の稜線をたどり、歯の一枚一枚を舌の先で磨きあげる。頭蓋骨から生えだし外気に露出した骨組織が、これほどいとしいのはなぜだろうか。女の歯は不思議だ。

舌の探査は続く。ちいさな舌のざらりとした表となめらかな裏。口のなかの粘膜のやわらかさ。舌の裏にたまった唾液《だえき》の甘さ。MGはいくつかの経験で、女の口のなかの感触は、その人の性器と同じだと知っている。ヨリの頬の裏側は、やわらかな張りがあり、ひどく熱をもっていた。舌ではなく、指をいれて口のなかを探りたくなる。

ヨリも必死にMGを押し返そうとする。圧力をかわしMGの口の奥深く、とがらせた舌先を送りこむ。ヨリの舌も小魚のようにMGの口で躍った。時間の感覚はなかった。口のまわりがふたりの唾液で広く濡れ、MGの後頭部は熱をもって痛んだ。これほどの興奮は記憶にない。セックスはMGにとって、ゲームと同じだ。どれほど難易度の高い技でも、涼しい顔でこなすところがMGにはあった。それが根こそぎ冷たい仮面を奪われようとしている。唇が離れると、ヨリは驚きの目で見あげてきた。

「でも、どうして……」

口紅がにじんで、ヨリの唇から朱が薄くこぼれている。あごの先まで濡らしたまま、ヨリは光りをぬぐおうともしない。MGは開いたままの唇を、また自分の口でふさいだ。もう一度、時間のとまるキスをする。なぜなのか、理由はわからなかった。ただMGの頭ではなく全身の細胞が、ちいさな虫がはうようにヨリを求め動きだしていた。

自分が人間ではなく菌類なら、肌の表から胞子を放って、大量の遺伝子のかけらをヨリに飛ばしていることだろう。抱き締めた背中と腰のふるえで、MGはヨリも自分と同じように感じているのがわかった。考えることも、迷うこともなかった。

舌にふれる舌は、どんな言葉よりも雄弁だったのである。


MGはヨリの髪のにおいをかいでいた。二度目のキスのあとでヨリはMGに背をむけ、御影石の欄干に両手をあずけている。MGはヨリを包むように、嵐の風にむかって立った。汗ばんだ髪を抜ける風が心地いい。かすれた声は風に飛ばされていく。

「どうして、ほかの誰かでなく、MGだったのかな」

MGも同じことをいおうとしていた。

「わからない」

ヨリは背中でMGにもたれた。乱れた奥襟《おくえり》から、タトゥの紺の羽先がのぞいている。

「MGには裕香さんがいて、わたしにはヨシトシがいる。裕香さんは婚約者なんでしょう」

むこうの親に会い、裕香を実家に連れていったこともある。婚約しようといわれ、別にどちらでもよくて、うなずいたことがあった気がした。裕香ももうすぐ三十歳になる。いつか自分が結婚するなら、この相手でも悪くないと、MGは思っただけである。MGは若い男の多くと同じで、結婚が人生の重要な選択だとは考えていなかった。

してもいい、しなくてもいい。求められたらするが、そうでなければ、独身のまま年をとる。それで別に不自由はなかった。セックスと食事は、現代ではどこでも速《すみ》やかに手にはいるものだ。

「そうだったような気がする」

口のなかでつぶやいた言葉は、別な誰かの声にきこえた。

「MGは才能があって、すごくお金もちでしょう。女の人にももてるし、雑誌のなかの人みたいだよ。何十万円もする服を着て、わたしにはわからないむずかしい言葉をたくさん知ってる。わたしのことだって、本気じゃないよね」

なにもいえなかった。MGはこれまで好きだといわれたことはあるが、自分からその言葉をつかったことはない。恋愛はいつも愛されて始まるもので、自分から仕掛けるときも相手の好意を確認してからだ。

「わたしはいいよ。新しいゲームをつくるあいだだけのつきあいでも」

ヨリは笑って振りむいた。笑顔のむこうには、両岸のビルのせいで遠近法が強調された風景が、無限の奥ゆきをもって広がっている。嵐の空と灰色の流れ。

「キャンペーン期間中は、わたしのことを抱いて、遊んでいいよ。気にしなくて、いいから。わたし、十四歳からやってるから、ぜんぜん平気。でも、わたしといるときは、わたしのことだけ見て。わたしだけのMGになって」

MGはヨリの短い髪に手をおいた。直径のちいさな頭蓋骨。ヨリは涙目で笑う。誰かが意志の力だけで笑う場面が、MGは昔から好きだった。パートⅣでこの顔を生かそうとMGは決心する。ヨリ自身でさえ忘れてしまうだろうこの瞬間の表情を、ゲームのなかに永遠に刻むのだ。抱き締めようとすると、ヨリはくるりとMGと体をいれ替えた。欄干にもたれたMGの胸をひとさし指でついていう。

「MGがしたいこと、わかってる。わたしもしたいよ。でも、そのまえにわたしを撮って。まだ、MGのものになっていないわたしを、記録しておいて」

ヨリの目が変わった。涙はこぼれることなく乾き、切れ長の一重の目がつりあがる。MGは足元のデジタル一眼を拾った。ファインダーをのぞく。街灯のせいでレンズの視野角はすべてオレンジ色に濡れていた。ヨリは夜風に髪を乱したままいう。

「MG、いってよ」

意味がわからなかった。カメラをはずして、ヨリを見る。

「ダメ。撮りながらいって。わたしが最高のモデルで、MGの人形だって」

MGはもう一度カメラをかまえる。シャッターを押しながらいう。今度はためらいはなかった。ヨリの言葉が真実だったからだ。

「ヨリは最高のモデルで、ぼくの人形だ」

ヨリは全身で笑った。真夜中の橋のうえで手をたたき、腰を折って声をあげる。頭を振って髪を直すと、まっすぐにレンズを見る。

「ねえ、MG。人形はどうするか、知ってる」

MGにはこたえる余裕はなかった。ひたすらこの空間から、イメージを切り取り、メモリーのなかにためこむので手いっぱいだ。ヨリは怒ったような顔でいう。

「人形はうんともてあそばなきゃいけないよ」

MGは一千百万画素のCCDに、欲望に澄んだ目の光りを記録した。ヨリは左右に首をまわし、通行人がこないか確かめる。ファインダーのなかのヨリの動きは、最高の演技者のようだ。動物磁気に似た力を放って、MGの視線を釘づけにする。四車線の橋のうえをうなりをあげて、タクシーが飛んでいった。深夜の隅田川を歩いてわたる者はいない。

「いつか、撮るかもしれないっていってたよね」

ヨリはひどくまじめな顔で帯に手をかける。うれしいくせにMGは反対のことをいった。

「ちゃんと自分で着られるのか」

「いいよ、別に。だめなら適当にチョウチョ結びするから」

そういいながら帯を解き、朝顔色の浴衣《ゆかた》のまえを開いた。MGは息をのむ。乳房はおおきくはない。形は完璧だ。うえ半分は円錐で、なめらかにした側の半球と接合している。乳首の色は浅く、やわらかな円に囲まれている。夜風にあたったせいか、鳥肌が立っていた。MGは少女のようなちいさな乳首は好きではない。ヨリの胸は予想どおりの美しさだった。

最初に見たときから、それはわかっていた。肉体はフラクタル構造なのだ。全体のバランスの素晴らしさは、細部でも自己模倣を繰り返すのである。美しい人は、細部もまた美しい。生物の世界では数億年も昔から、美しさは究極の非対称である。

MGはシャッターを押し続けた。ヨリの肉体を美しいとは思ったが、性的な興奮は収まっている。ファインダーにつよく目を押しあてたままいう。

「どうせなら、全部脱いでくれ」

ヨリは笑って、浴衣を敷石に脱ぎ落とす。締まった腹に手をあてていった。

「これも脱ぐの」

ショーツはサックスブルーだった。MGはうなずく。ヨリはうしろをむいた。浴衣の腰の線が崩れないTバック。少年のような白い尻は、筋肉に薄く脂肪をかぶせたようだ。その場にしゃがみこむように勢いよく身体を沈め、ヨリはショーツを引きおろす。足を抜くときにちいさな下駄も蹴り飛ばすように脱いでしまう。

「これでいい、MG」

MGは広い歩道のうえで片ひざをついて、デジタル一眼をかまえていた。狙撃の姿勢だ。裸の背中には、紺の翼が開いている。振りむこうとするヨリをMGはとめて、嵐の空に羽を休めるヨリの背を撮り続けた。

「もう、いい」

「いいよ。でも、うんとゆっくりこっちをむいてくれ」

ヨリは台のうえにでものせられたように、じりじりと身体を回転させた。さまざまな曲線と直線が複雑な影をつくり、身体の表情を変えていく。MGは口で息をして撮影する。極度に集中しているときの癖だ。息は苦しいが、その苦痛が仕事に力を与えてくれるような気がする。ヨリは恥ずかしそうに笑った。

「ねえ、MG、こっちの羽を見たことは、ヨシトシにはほんとうに秘密にしてね」

ヨリのなめらかな腹のした、淡い陰毛のわずかうえにそのタトゥがあった。背中の翼から抜け落ちた羽がひとつ、ショーツで完全に隠される場所に落ちている。

　ＭＧのズームレンズの最短焦点距離は五十センチ。全身を撮影したあと、ひざでにじり寄り、白い腹のうえに永遠に刻まれた羽を、ＭＧは画面いっぱいに映しこんだ。

　うっすらと汗をはじく紺の羽は、熱をもってやわらかに上下している。


　人影に気づいたのは、ヨリのほうが先だった。墨田区側の橋のたもとに、ふらつく男の影がふたつ見える。

「ＭＧ、たいへん。人がくる」

　ヨリはショーツと脱ぎ落とした浴衣を拾った。ＭＧは左右に飛んだ下駄をそろえてやる。浴衣に袖をとおして、でたらめに帯を結んだ。映画のなかで西洋人がバスローブ代わりに着る和服のようだ。ヨリの肉体のバランスで、そんな格好をすると海外の化粧品会社のＣＦにでも見える。ＭＧは笑って、シャッターを切った。ヨリも笑っている。考えてみれば、まだ酔っ払いは百メートルも離れている。両手にはきものをもったヨリはいう。

「ねえ、ＭＧ。わたし、この風のなかで、思い切り走りたい気分なんだ。車のところまで、競走しない。でね、負けたらあとでＨするとき、相手のいうことをなんでもきかなくちゃいけないの」

　ＭＧはそのあいだも撮影を続ける。自分がガラスの眼になって、宙に浮かんでいるようだった。ヨリはたいへんな眼のご馳走である。

「いいよ、それじゃ負けられないな」

「ふん、わたしは港区の百メートルの記録をもってるっていったでしょ。MGみたいなオジサンに負けるはずないじゃん」

ヨリは胸を張って、乱れた浴衣のまま欄干にもたれた。余裕でいう。

「じゃあ、MGにスターターやらせてあげる。わたしはいつでもいいよ」

MGは肩にカメラのストラップをさげると、同時にいった。

「じゃあ、スタート」

すぐに全力でダッシュする。風が走る背中を押してくれた。こんなことのすべてに意味はない。ヨリの完璧な肉体も、いつか時間のなかで失われていくだろう。それはMGのゲームを誰もプレイしなくなるのと同じだ。だが、その瞬間、MGはおおきな声で吠えるように世界を笑い飛ばしていた。この瞬間の高揚がすべてだ。夜明けまではまだ遠い。すべてが白い光りに晒《さら》されるときまで、全力で駆けてしまえばそれでいい。

MGは笑いながら、背中についてくる裸足《はだし》の力づよい足音をきいていた。

2

「MGのおうちにはいるの初めてだね」

ヨリは白い大理石を張った玄関で驚きの声をあげる。錆びた巨大な金属球の彫刻がおかれたロビーから始まり、何度目の驚きだったのだろうか。玄関から伸びる廊下は薄暗く、両側の足元に間接照明が点々と灯っている。

MGはステンレスの扉を開けて、ヨリをリビングにとおした。

「広くて、きれい、それに……」

建築家の演出どおりだった。暗く狭い廊下といきなり広がるリビングと湾岸の風景。ヨリは乱れた浴衣で、二段重ねになったアルミサッシの窓に駆け寄る。レインボーブリッジは漂白された恐竜の背骨のようだ。夜空にライトアップされ浮きあがっている。天井の高さは五メートルほど、広さは四十畳ある。ちいさな劇場やスタジオのような部屋だ。

「それに、なに」

ヨリは窓辺でMGに振りむく。

「すごく空っぽ。この部屋ってなんにもないんだ」

オーディオセットとプロジェクターと特注のル・コルビュジエのソファ。それ以外はカーテンさえないリビングだった。ヨリは窓の桟《さん》に腰かけていう。

「でも、MGには似あってる」

「なにかのむか」

MGは声がかすれているのがわかった。橋のうえであれほど近づいた心は、背景が変わって距離をあけたようだ。ヨリは首を横に振る。汗で濡れた髪が額に張りついていた。MGは待ちきれずにいう。

「さっきの競走はヨリの勝ちだ。なんでもいうことをきくよ。ヨリはどうされたい」

ヨリはじっとMGを見つめる。混ざりけのない欲望の目。

「そんなこと決まってるじゃない。わたしはMGが好きなようにされたい。わたしはMGの人形なんでしょ。壊れるくらいにされたいよ」

MGは舞台を横切るように壁の照明スイッチに移動した。明かりをすべて落とす。窓の外のレインボーブリッジだけが部屋にさす光りになった。チョウチョ結びの帯を引き裂く勢いでほどく。青い浴衣を肩からはいだ。ヨリの足元で青い布が折れあがった。裸の身体が湾岸の夜を背に立っている。

「うしろをむいて」

ヨリはうなずいて、なにかを怖がるようにゆっくりとMGに背をむけた。見おろした肩には濃紺の翼が開いている。MGはどこにもふれないようにそっと頭をさげ、汗に湿る翼に唇をつけた。

「あっ」

ヨリは背中全体で反応する。砂をまいたように産毛《うぶげ》が逆立ち、白い肌のしたに血の色が透けた。MGは翼をつくる羽のひとつひとつの汚れを落とすように、唇と舌で輪郭をなぞる。ヨリの声がとまらなくなった。震えながら、その場に立ち尽くし、背中に汗を浮かべている。

「どうして、MGにはわかるの。わたしの感じるところ」

MGは羽に舌をつかいながらいう。

「そんなの、わからない。ただずっとまえから、こうしてヨリの羽にキスしたかった」

ヨリは切れぎれにいう。

「昔は背中なんて、ぜんぜん感じなかった。ちょっと待って。休ませて、立ってられなくなるよ」

MGはヨリの腰に腕をまわした。暗い部屋できくヨリの声は神託のようだ。

「タトゥって、けっこう痛いんだ。彫ったあと、しばらくお風呂にもはいれないし、そっと洗わなくちゃいけない。もう背中じゅうかさぶただらけになる。何度も痛い目にあって、そこにばかり神経を集中させていたせいかな。今は背中の羽が身体で一番感じるところになっちゃった。だめっ」

MGはヨリの言葉が終わらないうちに、また背中の羽にキスをした。

「じゃあ、お腹に落ちてる羽も同じくらい感じるの」

ヨリは震えながら黙ってうなずく。

「こっちをむいて」

MGはひざまずいて、ヨリの腹に顔を寄せた。薄い陰毛のうえにくるりと反って横になる羽に唇をつける。とがらせた舌先で機械彫りの精密なタトゥの描線をなぞっていく。ヨリの腹は締まっているが、やわらかに丸い。声はとまらない。MGは二度、羽を清めてから、顔をあげた。

「誰かのお腹をこんなになめたの初めてだ」

陰毛の先にはヨリからあふれた透明な滴《しずく》が細かにとまっていた。MGは赤ん坊のようにヨリのあたたかな腹に頰を押しつける。

「抱いてくれ、ヨリ」

ヨリはMGの頭を抱いて、自分の腹に抱えこんだ。

「MG、無理をしなくていいんだよ。MGはそのままでいい」

東京湾にかかる白い橋を背に、ふたりは抱きあったまま動かなかった。MGのペニスはこれ以上はないほどの硬度になっている。それなのにいつものセックスのような興奮はない。性には清らかに澄んだ部分が必ずある。三十歳をすぎて、ひとまわりもしたのヨリにそれを教えられたのだ。

MGはなにかに感謝して、ヨリの性器のうえの羽に唇をつけた。ヨリは獣の声で、正確にMGに反応を示した。


夏の夜明けまで、MGとヨリは時間を盗むようにセックスした。つながってひとつの機械のように動き続けることで、夜を引き伸ばし、朝がくるのをとめようとしたのである。ヨリの言葉は、何度も繰り返された。

「なぜ、MGにはわかるの」

「どうして、MGだったの」

こたえはMGにもわからなかった。望みのままに動けば、それが相手にとって最高の行為になる。生物としての人間は、一生のうちに一度か二度、そういう相手にめぐりあうことがきっとあるのだろう。

好き嫌い、恋愛感情、性的志向、すべての瑣末《さまつ》な問題をのりこえ、生きているだけなら存在さえ気づかない肉体の奥深くの秘密の鍵が開かれる。ある特定の力をもった、しかし平凡なひとりの異性によって、隠していたものがすべてあらわにされるのだ。MGはヨリと同調して動きながら、快楽の深さと見たことのない新鮮さに恐怖を感じていた。

それはヨリも同じだったのだろう。窓の外で空が青くなったころ、ヨリはあわなければよかったといって、MGの胸で泣いた。自分もすこしだけ涙ぐみ、ヨリの目に口をつけて涙をのむと、ふたりは眠りについた。

3

「じゃあ、ミーティング始めるか」

代表の峰倉克己が最初にいった。月曜の午後一に開かれる定例の会議である。北欧インテリアの会議室。テーブルにはスターバックスのカップが、人数の倍並んでいる。長いときにはこのまま深夜まで会議が続くことがあった。キャラクターデザインの松本水無月清四郎が、砂糖をたっぷりと加えたキャラメル・マキアートをのんでいう。

「エッジの社長、なんだって。なにか、いい話だったの」

克己はMGの顔を一瞬見てから、返事をする。

「まあ、悪い話じゃない。うちを清和グループの一員にしたい。それで、『ロスト・イン・ザ・ダーク』パートⅧのディレクションも見てほしい。アメリカで発売する新作のプロジェクトにも参加してほしいってさ」

プログラマーの黒田武史が口笛を吹いた。

「へえ、そいつはすごい。エッジが全世界で同時発売するっていう新作だよな。あれ、ファーストパーソン・シューティングだったっけ」

画面の中央に銃の照準があり、つぎつぎとあらわれる敵を打ち倒す。もっともシンプルな形のシューティングゲームである。アメリカではポピュラーだが、日本やヨーロッパでは、あまり人気のないジャンルだった。水無月がつまらなそうにいう。

「ファーストパーソンっておもしろいか。なんか大味なんだよな。つまんないザコキャラたくさん描かなきゃならないし」

ＭＧが口を開いた。心は会議室にはない。この数日、ヨリの背中の羽とそこをなめたときの声ばかり考えているのだ。

「だからうちの手を借りたいんだ。シューティングゲームに、ＲＰＧの要素を足したいらしい。そうしなきゃ、日本で受けないから」

克己がうなずいていう。

「エッジの目標はでかい。うちの『女神都市《ヴィーナスシティ》』が百万枚なら、むこうの新作は全世界で一千万枚を売りあげたいそうだ。大風《おおぶ》呂《ろ》敷《しき》だが、あの廣永って社長なら、やりかねない気がする」

「そうね、エッジには清和エレクトロニクスがついてるもんね。今じゃハリウッドのメジャー二社を買収して傘下においてるし、デジタル家電も絶好調でしょう」

陽子が、初めてビジネスパーソンらしいことをいった。克己はうなずいて、真剣な表情になる。

「それだけじゃない。一番でかいのは、株式を公開しないかという話だ。東証マザーズでもジャスダックでもいい。新規上場して、創業者利益をださないか。そんな誘いもきてる。うちがその気なら、清和グループが口をきいて、全面的にバックアップしてくれるそうだ」

水無月は頰をふくらませた。

「そうしたら、こっちに何億円もはいるんだよね」

陽子がちいさく首を横に振った。

「ひと桁違う」

水無月は目を見開いた。自分で描くキャラクターに、よく似ている。絵描きは、無意識のうちに自分を描くものだ。

「それじゃ、何十億円にもなるのかな」

克己が全員の顔を見て、ゆっくりといった。

「もしかすると、もうひと桁おおきくなる可能性もある。最近のＩＰＯ事情を見ると、ろくでもない企業だって、ずいぶん値を飛ばしてる」

「ひゃー、何百億円か。すげーな、ここのビル買っちゃおうか」

クロがいった。

「そのうちの何分の一かが、うちの会社の株をもってるおれたちにはいってくるんだよな」

水無月はなにかメモを取り始めた。

「手始めに屋上にヘリポートのあるビルを建てない。それでヘリコプターも買う。アメリカで仕事するなら、自家用ジェットもいいな。ぼくが自分で尾翼に女の子を描くよ。ヨリなんかどう。背中に翼がある女の子なんて、いけてるゲーム会社のビジネスジェットにぴったりじゃない」

「待ってくれ」

MGはそこで口をはさんだ。

「確かに上場すれば、創業者利益はおおきいかもしれない。エッジと組んで、アメリカで新作を発表するのもいいだろう。だけど、ぼくたちはもう十分に豊かじゃないか。今なら、仕事は自分たちのペースで自由にできる。『女神都市』のシリーズは売上目標だって、いい加減なものだ。エッジと組んだら、そうはいかなくなる。毎回、目標を達成しなければならなくなるんだぞ。達成できなければ、ペナルティもある。だいたい株式を公開するってことは、たくさんの株主に責任をもつってことだ。ぼくたちにそんな責任が取れるのか」

クロが不思議そうにいう。

「MGの話もわかるけど、会社って利益をおおきくするためにあるんだろう。おれたちだって永遠に『女神都市』をつくるわけにはいかない。将来のことを考えたら、このあたりでどかんと稼いでおくのもいいんじゃないか」

ＭＧは白いテーブルを囲むメンバーの顔を見た。ほとんどはエッジ・エンターテインメントの誘いを積極的に評価する空気である。デジタルアーミーの代表にいう。

「克己はどう思う」

グラフィック担当は慎重に言葉を選んだ。

「おれはまだ中立的な気分だ。今すぐにこたえをだす必要はないし、廣永っていう男のこともわからない。でも、うちがもう一段成長するためには、上場も業務提携も避けてはとおれない話なんだろうな、きっと」

ＭＧをのぞく全員がまえむきの判断をしているようだった。こんなときＭＧは闘うことはない。あっさりと意見を引っこめて、ひとりで別の世界にいってしまう。そのとき頭に浮かべたのは、ヨリのことだった。あの夜以来、深夜の東京でヨリのヌードを撮るのが、ふたりのあいだで習慣になっている。

ヨリの白い身体をつぎはどの街におこうか。ミーティングに参加する振りをしながら、ぼんやりと東京のあちこちの景色を思いだす。克己がいった。

「どうやら、ＭＧが別な企画を思いついたみたいだな。じゃあ、今日のミーティングは終わりにしよう」

ほかのメンバーが会議室をでていくと、克己がいった。

「ＭＧが嫌なら、この話はむずかしそうだな。悪い話じゃないとは思うが」

ＭＧは永いつきあいのグラフィッカーを見た。最初に会ったのは、まだ大学を卒業したばかりのころである。いつまでも若いと思い、ゲーム業界風の流行のファッションを身につけていても、お互いに三十二歳だった。克己がグラフィックの仕事だけでなく、私企業の代表として新しい仕事をしたい気もちが、MGにもわかっていた。

「待ってくれ。今、裕香に頼んで、廣永のことを調べている。あの男が信用できるか。エッジの話に裏はないか。判断をするのは、それからでも遅くはない」

そうだなといって、克己はうなずいた。MGをちらりと見て笑う。

「裕香さんのことはいいのか。彼女、来年にはおまえと結婚するかもなんて、去年のクリスマスパーティでいっていた。MG、ヨリちゃんとなにか、あっただろ」

MGはあわてた。あわてると無表情になる癖がある。

「克己には、わかるのか」

デジタルアーミーの代表は苦笑していう。

「まあな、このごろぼんやりしてる時間が長いから。ときどきため息ついたり、ひとりで笑ってるときもある。陽子と話してたんだ。MGになにかあったに違いない。あるとしたら、きっとあの子だって」

「そうか」

克己はテーブルに散らばる資料を整理する。視線を落としたままいった。

「おれはMGのことを信じてる。でも、本気じゃないなら、裕香さんを大事にしてやれよ。おれは彼女がその気なら、広報担当でうちの会社にきてもらってもいいと思ってる。そろそろ専門の人間がいてもおかしくないからな。じゃあ」

MGの返事を待たずに、克己は会議室をでていった。白いアントチェアが並ぶ部屋がひどく空虚で、現実感がなく感じられる。今のMGには夜とヨリの肉体が真実で、昼の世界はどれほど精巧でも、すべてつくりごとに見えたのだ。

MGはそのまま会議室に残り、ポケット版の東京地図を開いた。

4

その夜、MGとヨリは東京の東にいる。浅草の続きで、『女神都市』の東地区を撮影しているのだ。秋葉原の電気街は、夜八時をすぎると閑散としていた。メインストリートの中央通りに並ぶ電器量販店は、その時間にいっせいにシャッターをおろしてしまう。裏通りのパソコンパーツ店も、フィギュアやアニメのソフトショップも同じだった。

フリルをたっぷりとたたんだ黒のメイド服を着て、ヨリはどこまでもシャッターの続く中央通りを歩いている。見あげるとビルのうえでは、ネオンサインが店舗名と商標を毒々しく夜空に叫んでいた。

「おたくがいない秋葉原って、すごく寂しい街だね」

白いストッキングの足をゆっくりと運んでヨリはいう。裏路地でMGは壁一面に緑の髪の美少女が描かれたビルを見つけ、ヨリをまえに立たせた。ショッキングピンクの瞳は、片方だけでヨリの上半身と同じおおきさだ。

デジタル一眼をかまえると、ヨリはいう。

「わたし、だんだん撮影が待ち遠しくなってきた。MGに撮ってもらうとうれしい。見てもらうとどきどきする」

ヨリが巨大なピンクの目の中央にくるように立ち位置を変えて、MGはフラッシュをたく。ここでなら誰も文句はいわないだろう。街全体が新しい日本の感性を見飽きたソフトタウンなのだ。メイドカフェは駅の周辺に十軒以上はある。

「それはヌードでも、そうなの」

「もちろん、そう」

ヨリは暗い路地の両側を確かめていう。

「なんなら、すぐに脱いじゃってもいいよ」

MGは笑った。夜のどこかでアスファルトを削るカッターの音が響いてきた。

「ヨリは自分の身体に自信があるんだな」

「違うよ。女の子の身体はみんなきれいじゃない。MGだってそう思うでしょ」

MGはこれまでつきあった数々の女性を考えた。実際にはほとんどの女性は、ありもしない理想像と自分を比較して、意味のないコンプレックスをもっているほうが多かった。MGはヨリの意見に賛成する。女性の身体は、みなそれぞれ独自の形で、欠けるところなく美しかった。

「ぼくもそう思う。ヨリ、そのイラストの右目を抱くように壁にもたれてくれる」

ヨリはセックスのときと同じで、MGの意図に瞬時に見事な反応を見せた。撮影者のほしいイメージにぴたりとポーズや表情を切り替えてくれる。モデルとしては得がたい才能だった。ヨリは自分がどう見えるか考えずに、ただ完璧な人形のように反応するのだ。なにかを表現することは、すべてMGに投げて、まかせ切っている。そこには羞恥や虚栄心のはいりこむすきまはなかった。

「ねえ、MGは知ってる」

CFカードを交換するMGにヨリがいう。

「ちょっと待って」

「わたし、MGに写真を撮られると、すごく濡れちゃうんだ。別にヌードでなくてもそう」

MGはあわてて顔をあげた。ヨリは全身をコンクリートの壁に押しつけている。スカートのうしろだけ、フリルで丸くふくらんでいた。

「こうしてると冷たくて、気もちいいよ。きっとそれはMGの目が冷たいせいかもしれない。MGっていつも人のことをじっと観察してるよね。どんな変化も逃がさないって感じ。そういうのが最初は苦手だったけど、今ははまっちゃった。絶対に逃げなくちゃって思うよ。MGになんかつかまるかってさ」

MGは新しいメモリーに秋葉原のヨリを記録する。残酷な気分になっていう。

「今も濡れてるの」

ヨリはつまらなそうな顔で返事をした。

「まあね」

「じゃあ、指で確かめて。それでどんな味がするか、教えてくれ」

ヨリはじっとカメラを見る。スカートの裾《すそ》をまくりあげると、フリルと同じ白いレースのショーツに手をさしこむ。一本だけ伸ばした中指を引き抜くと、ゆっくりと唇に運んだ。指の先を舌でなめてから、第二関節まで口に押しこんだ。恥ずかしそうに笑っていう。

「うーん、今日はまだ薄いみたい。ちょっとしょっぱいかな」

MGはその動作をすべて連写で記録した。路地裏のイラストに近づいていく。ヨリの顔はレンズをとおして、まっすぐにMGを見つめていた。

「今のをもう一度。それでぼくにも味をみさせてくれ」

ヨリの目のなかで怪しい光りが揺れている。この距離では顔のアップしか撮れなかった。画面の外にあった指先が光りをはじきながら、フレームインしてくる。MGはピントのずれた指とヨリの顔を撮影する。指はゆっくりと近づいてきた。

中指はMGの唇の輪郭をなぞるように動き、中央で唇を割った。ヨリは声をださずに、口の形だけでいう。

(どう、お・い・し・い?)

MGは母音と子音の口の形を、それぞれ二枚ずつ記録する。

「東京ってやっぱり広いね」

ヨリは自動販売機に三方を囲まれた休息所でいう。もとはなにかの商店だったのだろうが、今はのみものや弁当の自動販売機で壁は埋まっている。蛍光灯の明かりが洪水のように、裏秋葉原に漏《も》れだしていた。

「六本木ヒルズや汐留みたいな超高層ビル街もあれば、こんな秋葉原みたいな街もある。どちらもこの時代の最先端という意味では同じだ」

ＭＧはシュガーレスの缶コーヒーをのみながらいう。ヨリの手にはイチゴミルクのピンクの缶が見える。

「いつもならこんなの絶対にのまないけど、こんなカッコしてるとのみたくなるから不思議。ＭＧは秋葉原、よくくるの」

液晶ディスプレイでは、蛍光灯の明かりは圧倒的に冷たく青かった。ヨリの顔も青ガラスのように澄んでいる。自動販売機のまえに立つヨリを撮影していう。

「よくくる。昔はくるたびにオーディオショップやパソコンの店をのぞいていた。最近はプロジェクターとかのＡＶ関係かな」

ヨリは壁のすき間に張られた美少女アニメのシールを眺めていう。

「ＭＧはゲームとかつくってるのに、ああいうアニメやゲームの店にはいかないんだ」

「あまりいかない。ぼくは人のつくったゲームで勉強することはないんだ。ゲームシステムの参考に、ちょっとプレイすることはあるけど、すぐに飽きてしまう。ゲームからゲームをつくってもしょうがないよ。どんどんちいさくなるだけだ。おもしろいことは、ゲームのなかにじゃなく、この世界にたくさん転がってる」

MGはそういうとフリルのあいだから伸びるヨリのストッキングのふとももを撮影した。この肉の厚みやあたたかさ、そして先ほど口にした塩辛いなめらかさ。それはゲームでは絶対に再現できないことなのだ。

MGは大学をでて十年間、ゲームの世界で生きてきた。どれほどデジタル技術が進歩しても、ゲームではまだ再現できないことがある。それがどこか痛快だったし、うれしかった。

「ねえねえ、せっかく下町にきたんだからさ、今夜は和風のラブホテルいこうよ」

MGは黙ってうなずき、夜の電気街のイメージを撮るために、シャッターを切った。

5

裕香からの電話で目覚めたのは、同じ日の夕方だった。

「あら、MG、寝てたの」

MGは荒い息でこたえる。

「だいじょうぶ」

裕香の声ははずむように明るい。

「今日は仕事が全部スムーズにいったんだ。早く帰れそうだし。夜、ごはんでもたべない。例のエッジ・エンターテインメントの廣永社長の資料もそろったよ」

MGはぬめるように光るシルクウールのスーツを思いだした。あなたは日本のゲーム業界のトップガンだ。世界の空で思い切り闘ってみないか。あの男の言葉でMGの心も揺れたのである。

「わかった。今日も肉がいいのかな」

裕香は悪びれずにいう。

「今日は魚がいい。情報料の代わりに、おいしいお寿司おごってよ。六本木ヒルズのお店これから予約しておくから。じゃあ、七時にメトロハットのうえで」

「わかった」

裕香の電話は切れた。MGはベッドで横になったまま、目を閉じてガールフレンドの身体を思いだそうとする。足はヨリより長かった。胸はヨリよりちいさかった。ねばりはヨリより薄かった。唇はヨリよりやわらかだった。いくら考えても、裕香の具体的なイメージがまるでわいてこない。すべての項目がヨリを基準にして計られているのだ。

あれほど熱中した身体に、すこしも性欲を感じない自分がMGは不思議で、すこし悲しかった。


夜七時の六本木ヒルズはラッシュアワーのホームのようである。続々とデートやのみ会のために若い男女が集まって、あちこちでちいさな塊をつくっている。奇妙におおきな声で話し、異常な笑い声をあげる。輪郭の定かでないこの集団が、MGは嫌いだった。六本木ヒルズにくるのなら、午後七時ではなくやはり午前三時がいい。

ＭＧは白木のカウンターをイメージしたファッションだった。ベージュの綿のスーツに白いシャツ。ネクタイは艶消《つやけ》しのゴールドである。靴はアンティーク調のむら染めになったライトブラウンだ。組みあわせをつくるのは、昔からＭＧの得意である。

「待った」

メトロハットのエスカレーターをのぼって、裕香がやってきた。銀のパンツスーツに白いシャツ。どこかで見たことのある仕立てである。

「ふふ、新しいスーツ買ったから、今日は誘ったの。どう、いいでしょ、ジル・サンダー。すごく高かったんだから。月給の半分もしたよ」

裕香は五十三階のビルのまえでゆっくりとまわって見せる。それはＭＧが撮影用にヨリに買ったものと同じスーツだった。着る人間によって、服というのはこれほど表情を変えるのか。ＭＧは感嘆しながら、婚約者を見る。裕香にはなめらかでやさしい洗練があり、ヨリにはしなやかで激しい野性がある。正反対の特性を包んで矛盾を感じさせない服の力。ＭＧはデザインの不思議を思う。

「よく似あってる。そのスーツ色違いはないの。エッジの情報のお礼に、プレゼントするよ」

裕香はＭＧに飛びつき、腕を絡めた。

「ほんとに。うれしい。わたし、シルバーにするか、白にするか三日間も迷ったんだ。じゃあ、今日はうんとサービスしちゃう」

そのままの格好でふたりは歩きだす。66プラザの敷石は昼の熱気が残って、熱をもっていた。

ほのかな上昇気流は、ＭＧと裕香の足取りをしたから支え、浮きあがるような気分を演出してくれる。

その店はけやき坂通りに面した三階にあった。江戸前寿司で有名な数寄屋橋の名店の出店だという。白木のカウンターに昔ながらの丸いスツール。変に豪華ではない内装が、ＭＧの趣味にあった。

カウンターに座り、つまみを頼んだ。裕香はビールの小瓶を、ＭＧはその店のおすすめだという吟醸酒にする。最初の皿は、有明海のシンコと九州の子イカと房州勝山のシマアジだという。ミョウガのつまが奇妙にうまいのは、年のせいなのだろうか。

「ねえ、ＭＧ、アワビの酒蒸しもたべたいな」

カウンターの奥から清潔な職人がいう。

「岩和田のいいものが蒸しあがっておりますよ。箸《はし》で切れます」

それをひとつと注文して、ＭＧはいう。

「廣永さんて、どんな人だって」

したの皿が透けて見えるほど澄んだ子イカを口に運んで、裕香がいう。

「やっぱりすごいやり手みたい。あの人もとは清和エレクトロニクス・アメリカにいたらしい。うまくいってなかった東海岸で、記録的な成績をあげて最初に名前を売ったんだって」

ＭＧはわさびをたっぷりとのせて、可憐なシンコをたべた。淡い酢とわずかな脂がうまい。醬《しょう》油《ゆ》の必要はなかった。

「じゃあ、本社でもエリートコースだろう。なぜエッジの社長なんかに飛ばされたんだ」

裕香は目のまえにおかれたアワビの丸い鉢に歓声をあげる。

「それが違うの。今、清和エレクトロニクスはソフト重視に戦略を転換してる。つぎの十年で、ハードとソフトの売上比率を半々にする事業計画なの。いつまでもテレビやパソコンをつくっていても、中国や韓国がすぐに追ってくるから」

「それで、エースをソフト分野にどんどん投入しているのか」

箸でアワビを切ると、裕香は職人にほんとうだと笑顔でいった。こんなふうに店のスタッフに気をつかえるのが、裕香のいいところだった。二十九歳の婚約者はいう。

「廣永さんはアメリカのエレクトロニクス業界に太いパイプがある。ハリウッドのメジャースタジオ二社は、清和の傘下にあるでしょう。清和は放送用の機器にも強いしね。ゲームと映画と放送を結びつけて、世界的なブロックバスターを仕掛けるには、あの人が一番いいってことで、ピンポイントで名指しされたみたい」

MGには返す言葉がなかった。ここまでのところ、エッジのプラス情報しかあがってきていないのだ。

「廣永社長と本社のパイプは」

裕香はアワビをかみながらいった。

「おいしいものたべてると幸せな気分になるなあ。いつも会社のそばのランチばかりだから。そっちのほうも問題ないみたい。清和のエンターテインメント事業部の執行取締役は、里見洋平《さとみようへい》っていうんだけど、その人は廣永さんがばりばりに営業してたころ、清和アメリカの社長だったんだって。噂では里見さんは次期社長の線が濃厚で、そうなったら今の役員のポジションに、廣永さんがはいるらしいよ」

MGは爽やかな脂がのったシマアジをたべた。皮をはいだあとに残る銀は、古い日本画の銀箔のように美しくかすれている。

「そうなると数年後に廣永さんは、ゲームだけじゃなく、エンターテインメント業界全体で、世界有数の権力者ということになるな」

裕香はうなずいて、刻んだ大葉をつまんだ。

「そうね。近づいておいて絶対損のない人であることは間違いない」

MGはしだいに息がつまってきた。あの男が優秀であることは、ひと目でわかった。だが、どこかMGと馴染《なじ》まないところがある。

「ねえ、裕香、あの人にどこか欠点はないのか」

裕香はカウンターのしたから自分の勤める出版社の封筒をだした。英文の記事のコピーに目をやっていう。

「評価が分かれてる記事もある。清和アメリカには、協賛店のネットワークがある。廣永さんはそのうちの下位三分の一をドラスティックに切り捨てた。五年まえの東海岸の出来事ね。代わりに上位三分の一には、手厚い販売奨励金をだしたそうよ。主力の清和製品を扱えなくなった店は、清和アメリカに集団訴訟を起こしている。裁判は清和の金であっさり決着がついたけど」

MGは暗い目で磨き抜かれた白木のカウンターを見る。ここまで深みのある清潔さを達成するためには、何千回の拭き掃除が必要なのだろうか。

「すると廣永さんとつきあうには、徹底して数字をあげ続ける必要があるな。それさえできれば、あの人は最高のパートナーになる」

裕香はにっこりとほほえんで、アワビの最後のかけらを口にする。

「だいじょうぶ。だって、MGはわたしが知ってるただひとりの天才だもん。うちの雑誌の記事の見出し覚えてるでしょう。ゲーム業界の孤高の天才・相楽一登。わたし、あの記事ちゃんとファイルしてあるもん」

それは二年前の記事だった。『女神都市』のパートIIが前作に続いてミリオンを達成して、MGは取材の嵐に見舞われたのだ。MGには自分のどこに才能があるかなど、まるでわからなかった。いつも一番単純で、まっすぐな方法を選んでいるだけなのである。これ以上はないほど明白に見えるのに、なぜかほかの制作者にはそれが見えないようなのだ。

「そろそろにぎってもらわない。わたし、おつまみだけでお腹いっぱいになっちゃうよ」

MGがうなずくと、カウンターの奥で寿司をにぎるそぎ落とされた所作がスタートした。

その夜MGは裕香といっしょに湾岸のデザイナーズマンションに帰った。シャワーを浴びた裕香は、なぜか明かりを消したリビングで窓のまえに立つ。そこは初めてヨリと結ばれたとき、M

Gが裸の背中に口づけした場所である。裕香は欲望にかすれた声でいう。

「ねえ、エッジとの仕事がうまくいって、デジタルアーミーが上場したら、記念にわたしたちもそろそろしない」

裕香はMGの首に腕をまわして、目をのぞきこんでくる。なにをするのか、恐ろしくてきけなかった。MGのためらいに裕香は敏感に反応した。

「ぜんぜん焦ってるわけじゃないけど、うちの親もMGのご両親も、けっこううるさいでしょう。静かになるならいいかなって思って。わたしも来年は三十の大台にのるし。ちょっと太ったのかな、胸がワンカップおおきくなったけど、すごくやわらかになっちゃった」

MGは裕香が急にいとしくなった。並行して走るヨリとの関係とは、また違った落ち着きが裕香にはある。

「考えてみる。ぼくには、エッジや上場よりも、パートⅣのほうがずっと大切だから、そっちのばたばたが終わったらね」

MGは自分をずるいと思った。だが、ほかにいうべき言葉が見つからない。MGには自分に好意を見せる相手を傷つける恐怖がつねにある。

「うん」

裕香はうなずいて目を閉じた。顔をあげて、キスを待っている。裕香の淡い目に、ヨリの鏡のように強い目が重なってしまった。唇の感触が違う。裕香はやわらかに全身をあずけてきた。ヨリは自分で立っていられなくなるまで、なんとか自分の足で立とうとする。好きな女がこれほど異なるのが、MGにはわからなかった。自分には好きなタイプなどないのかもしれない。MGはヨリのイメージを消すために、いそいで豊かになったという裕香の乳房の頂点に舌を移した。

裸で横になったベッドで、MGは裕香の寝息をきいていた。寝室の床はフローリングだが、壁も天井も冷たいコンクリート打ち放しである。MGは一日のうちにふたりの女性とセックスすることについて考えている。エロティックなファンタジーでは、その手の状況がよく描かれているが、MGは無邪気に楽しむことはできなかった。

とくに予期せぬ電話で始まった裕香とのセックスには、戸惑うところが多かったのである。比べる必要などないはずだった。MGの意識のなかでは、どちらも大切な存在である。だが、MGの肉体に刻まれた記憶は違っていた。

そっとやわらかにペニスを包む肉の感触。舌にふれる舌の感触。指先で割る性器の濡れた感触。すべてが感覚のインデックスとして、まだ生々しく刻まれていて、MGにはそれを振り払うことができなかった。

ふたりの女とのセックスは、二枚のポジフィルムのようにずれて重なり、濁った印象を残した。ヨリがつよいわけでも、裕香がよわいわけでもなかった。MGにとってセックスはあまりに情報量が多すぎるのだ。遊びではなく、真剣に試すには、負荷が重いのである。

オーバーヒートしたMGはそっとベッドを抜けでると、真夜中のリビングにむかった。窓辺に立ちレインボーブリッジを眺める。骨は清潔でいい。肉と血をもって生きていることが、すべて面倒になり、冷蔵庫からドン・ペリニヨンをだしてラッパのみする。

のみ切れない半分は、キッチンのシンクに流してしまう。排水口をくだるシャンパンは、腐った果実のにおいがした。

6

『女神都市』パートⅣの原案書は、ゆっくりと結晶化していた。MGは仕事を始めるときは、これ以上ないくらい慎重になる。ひとつの核となるアイディアに無数の補助線を引き、あらゆる角度から検証するのだ。

そのアイディアのどこに吸引力があるのか。どのように展開すると、魅力的に咲くか。本質的な新しさとゲームとしてのおもしろさのバランスは、どこにあるか。ほんの十ページほどの原案書のために、本番の企画書と同じ数百ページの書類をつくるのである。

もっともそのほとんどは、MG以外には解読不能のものだった。例えば「変化の可能性」と書かれた一枚のA4コピー用紙がある。意味不明のこの紙片から、パートⅢで好評を博した特殊な条件下におけるキャラクター交換の呪文が生まれている。

正義は悪になり、快楽は苦痛になり、勝者は敗者になる。対戦型でプレイするときには、この呪文は強烈で、一瞬にしてゲームの流れを変えてしまうことがあった。長い時間をかけて育成したゲームの女神を、ひと言の呪文で別人格に変えてしまうのだ。身を切られるように切ないため、一部の熱狂的マニアのあいだでは、禁断の呪法として扱われている。

原案書の進行は単結晶の成長のようにゆっくりと、ヨリとの撮影とセックスはでたらめな勢いで続いていた。MGは十代の後半で初めて自由になる性的パートナーを得ている。それは年うえの女子大生で、MGは毎日のように地方出身の彼女のアパートを訪れ、セックスばかりしていた。

そのころのセックスは、現在のように精神的な圧力や状況のエネルギーを最大限に利用して営まれる行為ではなかった。ほとんど腹筋運動や腕立て伏せと変わらない原始的な段階だったのである。セックスはみな同じだと、冷めた顔でいう人間もいるが、MGはそうしたいいかたを好まない。すべての性行為が同じだというなら、紙飛行機とスペースシャトルも同じ飛行機ではないか。

煙るような霧雨が、世界を灰色に塗りこめていた。対岸にはお台場のビル群が航空障害灯を赤く点滅させ、雨にかすんでいる。コンテナ用のガントリークレーンは、巨大なキリンの骨格のように長い首を空にあげていた。先端にはこちらも赤いひとつ目。

大井埠頭の先にある城南島海浜公園に、MGとヨリはきている。ヨリは特製のレインコートを着ていた。駐車場にレンジローバーをとめて、東京湾の縁まで数分で到着する。

「なんだか、このビニール、すごく蒸すんだけど」

透明なレインコートはヨリの熱で乳白色に濁っている。ヨリはそのしたに、うえがホルタートップ、したがホットパンツになった七〇年代風の白い水着を着ている。MGは昔ビデオで見た『バーバレラ』というSF映画を思いだす。あのころのジェーン・フォンダは素晴らしかった。

「しかたない。ここの公園は夏はカップルが多いんだ。雨の日でなきゃつかえない」

ヨリは笑っていう。

「でも、わたしたちくらいだよね。誰もいない場所にいって、おかしな写真ばかり撮って」

そうだなとMGはこたえる。カメラバッグは濡れていつもの倍の重さがあるように感じる。デジタル一眼はボディにだけビニール袋をかぶせて、あとは濡れるにまかせた。この霧雨なら、本体の中心部まで水がはいることはないだろう。

ヨリは波の音がきこえる手すりにもたれて、MGを見る。

「でも、こんなにたくさんわたしの写真を撮って、どうするの」

MGはすぐに撮影の用意を開始する。マッキントッシュのコートはゴム引きで決して雨をとおさないのだが、敏捷《びんしょう》な動作には不向きだった。きれいなレモンイエローの発色なのに、ごわごわと硬いのだ。

「ああ、ヨリの写真をCG化して、ゲームのなかに隠すんだ。それぞれの街で目標を達成すると、ひそかなごほうびとしてその絵が見られるようになっている」

ヨリは眉をひそめて、MGを見る。

「それって、ヌードもいれちゃうの。『女神都市』って子どももやると思ってたけど」

ＭＧは最初の一枚を撮る。薄暗い公園の敷石と手近な海面が一瞬丸く浮きあがった。

「そっちのほうは、ぼくの趣味。でもヨリの身体を見たら、撮らずにはいられない」

ヨリは口に手をあてて、叫んだ。

「みなさーん、ここに露出狂のヘンタイがいますよー」

ＭＧは笑い声をあげる。口をおおきく開くと、灰の味のする雨がすこしだけ唇を濡らした。

「それ、いいいな。ヨリ、レインコートのまえを開いて、もう一度叫ぶポーズをやってくれないか」

ヨリはにやりと笑い、引きちぎるようにコートのまえ立てを開いた。白い胸と白い腹と白い水着。やけくそになってヨリは叫ぶ。腹に筋肉の影が刻まれた。

「東京都民のみなさーん、ここにふたりヘンタイがいますよー。でも、すごく幸せでーす。みんなも裸で、雨に濡れようよー」

ヨリは顔中でＭＧに笑いかける。ホルタートップの結び目を解くと、カップから離れても形を変えない胸を高くそらせた。にっと一瞬の笑顔をつくる。

「ヘンタイ上等って感じだよ」

ＭＧは一ギガバイトのカードがいっぱいになるまで、ヨリを撮り続けた。そのころには、ヨリはブラもパンツも脱いでしまっている。裸の中身を透かすレインコートだけで、グレイッシュネイビーの空を背景に立っている。

ヨリは手すりに両腕を広げ、十字架にでもかけられたように空をあおいでいる。呼吸のたびに上下する胸をファインダー越しに見て、MGはよくできたイメージだと感心していた。レインコートは乳房の先だけ淡色に染まっている。

「ねえ、MG、もう撮影はいいでしょ。わたし、したいよ」

「わかった。最後の一枚だから。空を見て、誰かに裏切られたって顔をして。ひどく傷つけられた顔がいい」

ヨリは雨の空に顔をむける。MGはそばによって、ななめしたから顔の表情を撮った。ヨリは目を見開いて、雨が落ちてくる空を見あげていた。眼球に細かな滴が揺れながら落ちていく。そこにはどんな感情も浮かんでいなかった。これが人形が傷ついたときの顔なのだろうか。

撮影していると、ヨリは目を閉じた。長いまつげがあわさる。そのとき目尻から涙がひと筋落ちていった。一千百万画素のCCDは、透明な肌をすべる透明な滴をそっと記録した。

「誰かに裏切られるって、悲しいんだろうな。わたし、今すごく幸せだよ。でも、MGがおかしなことをいうから、ヨシトシのことを思いだした。誰かを傷つけないと幸せになれないなんて、人間てどこかすごく悪いところがあるんだね」

MGはヨリの単純な言葉に心を動かされた。自分はどうだったのだろうか。裕香だけでなく、父や母や、デジタルアーミーの同僚たち、浅いつきあいの友人たち、すべてをあざむいて生きているのではないか。

カメラをさげて、灰色の海を見た。真夜中の雨の東京湾だ。ヨリは羽交い絞めするようにMGを抱く。

「わたしたちがどんなに悪くても、もう気にしない。MGは悲しい顔しないで。わたしが守ってあげるから。今すぐ、ひとつになろうよ」

ヨリは濡れた敷石にひざまずくと、MGのパンツのファスナーをさげる。ボクサーショーツの窓から、まだやわらかなペニスを引きだし、伸ばした舌の先をつけた。

「MG、ぬるぬるじゃん」

MGは悲しい気分で笑うと、透明なレインコートのしたの紺の翼をみながら、そっとヨリの頭に手をおいた。


セックスは立位だった。ヨリのレインコートをまくりあげ、MGはうしろからつながる。目のまえには無数の雨が刺さる海と灰色の空が広がっている。MGは世界でただふたり生き残ってしまったように感じた。これは子をつくるためではなく、人類の滅亡を悲しく記念するためのセックスなのだ。

ヨリはすこしだけ泣いたせいか、いつもより敏感なようだった。最初にゆっくりとつながって、何度目かの往復で達してしまう。そのあとは正確なストロークを刻んで、連続してエクスタシーを迎えた。MGの限界も近い。なぜ、これほど懸命につながらなければならないのか。快感のなかで、MGはセックスとそれを生命のシステムに罠として組みこんだ、空のうえにいるゲームデザイナーを憎む。

「ヨリ、いきそうだ」

「わたしも、MG、いっしょに……」

MGが薄いラテックスのなかに射精すると、ヨリの肉が何度も収縮して、管のなかに残った精液を吸いだそうとする。そのときヨリが急に叫んだ。

「やめて、見たくない。わたしの頭にはいってこないで」

スチールの手すりにもたれて、ヨリは背中を震わせる。さざなみのような振動は、全身をのみこんだ津波のようなうねりになった。ヨリはきつく目を閉じている。

「ヨリ、だいじょうぶか。どうしたんだ、気分が悪いのか」

MGはペニスの先にコンドームをさげたまま、必死にヨリの背中をさすっていた。うっすらと目を開けたヨリが涙目でいう。

「またいろんな絵の嵐がきた。苦しかった。今度はヨシトシじゃなく、MGだったよ」

ヨリは好きな男の未来が見えるというヨシトシの言葉を思いだした。見えるのは災厄だけだ。自分を襲う悪い運命とはなんだろうか。

「これからMGにたいへんなことが起きる。会ったことないけど、裕香さんも、デジタルアーミーのみんなも、ヨシトシもでてきた。わたしたちは、たくさんの人を傷つけることになる」

そこでなにか思いだしたようだった。ヨリは真剣な顔でなにかをいおうとして、途中でやめた。手すりのむこうに顔をだして、夜の海に吐く。MGはヨリの背中の翼をさすることしかできなかった。

「でも、一番気をつけなくちゃいけないのは、灰色のスーツを着た男。中年のおやじだよ。MG

はその人とかかわっちゃいけない。頭からばりばりたべられちゃうよ」

MGはぼんやりとエッジ・エンターテインメントの廣永の顔を思い浮かべながら、ヨリの背中を機械のようにさすり続けた。紺色の翼は、白い肌のうえ羽ばたくことを忘れて、冷たく縮んでいた。

Ⅳ

1

　レインボーブリッジのうえに銀の月がかかっていた。漂白された銀は、夏の終わりが近い乾いた半月だ。白い骨に似た橋桁《はしげた》は夜空高く横たわり、台場の埋立地を幻の橋のようにゆるやかに結んでいる。

　遠くにネオンを点滅させる大観覧車が見える。毎日眺めているくせにMGはまだのったことがなかった。防波堤の内側をMGとヨリは歩いている。右手からさざなみの音と潮風。それはほとんど海のにおいのしない東京の潮風だ。

「ねえ、MG、わたしにはもう仕事はないの」

　この二週間、新作ゲームの原案書をつくるために、MGは自宅に引きこもっていた。ひげはもう四日ほど剃《そ》っていない。頭のなかで改良したゲームシステムをチェックしながら、MGはこたえる。

「そうだな。今、ヨリにできることはない。こうして晩めしにつきあってくれるだけで十分だ」

ヨリは古い壁紙のような褪《あ》せたプリントのサマードレスを着ている。MGが買ったものだ。裸の肩のうしろには、紺色の翼がのぞいていた。身体中で一番感度が高いその翼に、MGはしばらく指さえふれていない。

「退屈だな。MGは仕事ばかりで、撮影してくれないし、遊んでもくれない。Hだってなしだもん。MGはバランスを取ることをおぼえなきゃダメだよ。子どもみたいに好きなものばかりたべるしさ」

その夜MGの食事は、品川インターシティにあるイタリアンの四種類のキノコと青ジソのパスタだった。ふたりは四日連続で同じ店にいっている。ヨリは毎回注文を変えたが、MGは同じパスタとダブルのエスプレッソでとおしている。

「しかたない。今は仕事の一番むずかしいところだ。原案書がダメなら、企画書は絶対におもしろくならない。もちろん最終的にできあがるゲームだって同じだ。うちの会社にはほかに制作しているゲームはない。『女神都市《ヴィーナスシティ》』がしくじれば、その場で解散だ」

ヨリは不服そうな顔で、ダルマ船が係留されたデッキの端を歩いていた。風が吹くと、シフォンのスカートの裾《すそ》が揺れる。短距離選手だったヨリの足には、なめらかな筋肉の影がある。

「ヨリはまえに、自分はぼくの人形だといったな。嫌いになってはいないけど、今は人形と遊んでいる時間がないんだ。あとひと月で、うちの会社の未来の数年間が決定する。時間をくれないか」

こんなに正直にものをいえる自分が、MGは不思議だった。裕香と話すときには、まず相手を傷つけないか考えてから言葉を発する。だが、ヨリのときは違った。そのときのストレートな反応をぶつけてしまう。十二歳したのヨリに甘えているのだろうか。そのとき波の音を携帯電話の呼びだし音が乱した。

「はい、相楽です」

携帯電話というのは、もうすこし雑音をなくせないものだろうか。オフィスと無線の二重のノイズのなかから、デジタルアーミー代表の声がする。

「MGか、おれだ。ちょっと会社に顔だせないか」

誰もがMGに限界以上を求めるようだ。MGの声は怒りに冷えこんだ。

「無理だ。原案書のピークなんだ。あと二週間くれ」

克己とは長いつきあいだった。MGの心を読んだように返事をする。

「わかった。そうとうきつそうだな。誰も助けてやれないし、ひとりで苦しむしかないもんな。いいよ、二週間したらまた電話する」

MGは礼儀ただしい人間だった。譲歩してくる相手には、譲歩を返すのだ。

「話なら今きくよ。なにがあった」

克己はうんざりした調子でいった。

「むこうがいろいろと揺さぶりをかけてきた。廣永社長と話をしたと思ったら、東証マザーズからでかい書類が届いたよ」

ＭＧは灰色のスーツを着た男を思いだす。熱心で、有能で、言葉巧み。なにかを捨てるときには、カミソリのように冷酷に切り捨てる。どこか自分に似たところのある男。

「ＩＰＯの誘いか」

「そうだ。上場して、資本金を集めないか。創業者利益を稼がないか。甘い誘いだな」

ひたすらいいゲームをつくるために、この十年間ＭＧは生きてきた。そこでなら自分にできることもわかっているし、自信もある。だが、資本金の増大や創業者のキャピタルゲインとなると、想像外の世界だった。すでに収入は十分だった。数十億円の資産を抱え、これ以上空ろになってどうしろというのだろうか。克己は皮肉に続ける。

「それからエッジ側からの切り崩しもある。うちでは返事を保留しているところだが、おれたちだけでなく、水無月やクロにまでエッジから接触があったそうだ。むこうはえらく積極的だな。考えようによっては、今回のエッジとの関係強化もＩＰＯも、まったく悪い話じゃないんだがな」

キャラクターデザインとプログラム。ふたりとも技術的には優秀だが、ビジネスの世界には暗かった。ゲームづくりの天才とおだてられ、おかしな約束などしていないといいのだが。ＭＧの声は困ったときほど冷静になる。

「なるほど」

「水無月もクロも、今夜はエッジの制作部門の人間とのみにいってる。どんな店だか知らないが」

「わかった。そっちのほうはなんとか抑えておいてくれ。ぼくはとにかく原案書をあげる。エッジ対策はそれからだ」

克己の声は急に優しくなった。

「ヨリちゃんとはうまくいってるのか」

MGは電話の声の届かないところにいるヨリの背中を見た。白い肩に浮かぶ濃紺の翼。タトゥの翼は、ほんものの翼よりもずっと軽そうだ。

「今、ここにいる」

携帯でも克己が息をひそめたのがわかった。

「このまえ裕香さんから、めずらしく電話があった」

MGの胸がひやりと痛んだ。裕香とは原案書の制作を口実に連絡さえとっていなかった。

「なんていってた」

「おまえのことを心配していた。また、ひとりで地獄めぐりをしてる。自分にはなにもしてあげられないしって。ヨリちゃんもいい子だけど、彼女は優しいな」

返す言葉がなかった。

「わかってる。どちらもぼくにはもったいないよ」

「じゃあな。飛び切りのアイディアを待ってる」

通話が切れた。MGは東京湾を明るく照らす月を見あげた。夜は優しかった。危険な細部をすべて暗闇のなかに隠してくれる。裕香とヨリが明るい光りのなか、むかいあう場面を想像して、

MGは心を凍らせた。

電話が終わるとヨリがもどってきた。自分のつま先を見ながらいう。

「MGはいつも仕事の山場になると、今みたいに誰も寄せつけなくなるの」

自分ではどれだけ神経が張り詰めているのか、よくわからなかった。MGは対岸のビルを見ている。赤い航空障害灯が心臓のペースで点滅していた。

「だいたいはそうなる。仕事はしなければならない。まえよりいいゲームをつくらなければならない。誰もぼくに代わる人間はいない。そのうちに気がつくと、ぎりぎりの場所に追いこまれている」

ヨリはMGを悲しそうに見つめた。

「それでもがんばらなきゃならないんだよね」

MGは夜の東京湾にむかって手をあげた。光りの格子が弧を描いて対岸に積みあがり、夜空の半分はレインボーブリッジが占めている。変わり続ける街の見事な夜景だ。

「こんなものは、今のぼくにはきれいでもなんでもない。今夜たべたパスタだって味がぜんぜんしなかった。頭ではわかっているんだ。ここはひとりで苦しむしかない時間だ。それも大切な制作のプロセスだって。だいたいゲームなんて簡単にできるわけがないんだ。誰かを心から楽しませるには、膨大な量のエネルギーをつかわなきゃならない。制作者は自分の限界をのり超えなきゃならない」

「MG、怖いの」

ヨリの声は港をわたる風のように冴えている。驚いて振り返り、ヨリを見た。サマードレスの女はすべるように近づき、MGの背中を抱いた。

「怖かったら、怖くてもいいんだよ。震えてもいい。世界一おもしろいゲームをつくらなくてもいいんだ。MGは今でも、すごくがんばってる。わたしにはわかるもの。MGはきっとまた傑作をつくる。それでまたパートⅣは百万本売れちゃうんだ」

MGは背中に熱い身体を感じていた。言葉よりもその熱が、逃げ場のないストレスを軽くしてくれる。

「わかってる。もう二週間もしたら、この苦しさなんてきれいに忘れてるはずだ。数十億円の価値があるヒットシリーズの原案書もできていて、いい気になって遊んでるんだ」

背中でヨリがうなずいているのがわかった。MGは絞りだすようにいう。

「でも、ヨリ、今は苦しいよ。全部を投げだして、どこかに逃げてしまいたい。もうゲームづくりなんてたくさんだ」

ヨリの声は夜のなかに響く女神のようだった。まっすぐにMGの心に落ちてくる。

「だけど、MGは逃げない。だから、マスター・オブ・ゲームなんでしょう。MGはゲームをつくることからは一生離れられないんだよ」

「そうかもしれない」

MGはヨリを正面から抱いた。額にそっとキスをする。それは欲望の混ざらない感謝のキスだ。MGはまたあの独房のような部屋にもどり、原案書を最初から読み直そうと決める。そのときはヨリがそばにいたほうがいいだろう。

「今夜はうちにきてくれ」

ヨリはうなずく。MGとヨリは潮風と波音のなか、ゆっくりと防波堤にむかって歩きだす。

2

苦痛のなかですこしずつ原案書は形を整えていった。数日後MGはようやくキノコと青ジソのパスタを卒業することができた。それまではこの習慣を変えたら、仕事がうまくすすまないのではないかと、強迫的に続けていたのである。ジンクスを破るのは、おおきな進歩だった。いつ越えたのかわからないうちに、ゲームづくりの山をすぎていたのだ。とおり抜けているあいだは、苦しさのあまりそれがわからないものだ。

ヨリとの夕食は続いていた。以前のようにひとりでたべるのが、MGには苦痛だった。ヨリは言葉が必要でないときは、黙っていられるほど賢かった。その夜はスープカレーをたべたくて、タクシーを赤坂まで走らせている。MGは若き成功者だが、高価なものにしか価値を認めない人間ではなかった。複雑で高価な味にも、シンプルで安価な味にも、同じようにうまさがある。それはどちらも取替えがきかないひとつだけの味なのだ。料理は人間と同じである。

食後に赤坂プリンス旧館のバーでヨリとカクテルをのんでから、港区海岸にもどった。デザイナーズマンションのまえには、黒塗りのリムジンがとまっていた。車好きのMGにはすぐにわかる。ボディをストレッチしたアウディのA8だ。暴力団の関係者や成金の選ぶ車種ではなかった。このマンションの誰に用なのだろうか。

手をつないで横の歩道を抜けようとしたとき、モーターが低くうなってサイドウインドウがさがった。

「相楽さん、探しましたよ」

後部座席から銀髪がのぞいていた。エッジ・エンターテインメントの廣永である。またカットと色味が微妙に異なる灰色のスーツ姿だった。MGは驚きでなにもいえなかった。

「出社せずに自宅で『女神都市』の原案書に集中していると、水無月さんからききました。ちょっと話があるのですが、ドライブにおつきあいくださいませんか」

MGはヨリを見た。

「今夜は連れがいますから」

「水科ヨリさんですね、パートⅣのモデルだとか。お話はうかがっています。あなたもどうぞ」

リムジンのわきに立つ運転手がドアを引いた。廣永は重ねていう。

「水科さんは助手席にどうぞ。わたしは相楽さんとお話がありますので。時間は取らせませんから」

MGは廣永の目を見た。言葉はていねいだが、目は笑っていない。『女神都市』の販売を委託している以上、エッジの社長を怒らせることはできなかった。最後に手を強くにぎって、MGはヨリの耳元でいった。

「しばらく我慢してくれ」

ヨリは震える声で返した。

「あの人を見た。灰色のスーツの人。MGはあの人から離れなくちゃいけないよ」

ヨリには特別な力があるとヨシトシはいっていた。好きな男の未来を予見する力は、災厄しか見ることはない。無数のイメージに襲われて、海にむかって吐くヨリをMGは思いだした。

「わかってる。今夜は話をきくだけだ」


助手席のヨリはうしろから見ても緊張していた。肩と首の線がひどく硬い。MGは後部座席で、廣永の横に座った。リムジンの足元は広く、足を組めるほどだ。車はレインボーブリッジに続く高架線を、おおきな左カーブを描きながら駆けあがっていく。海をわたる橋だった。橋桁では白いワイヤーロープが飛ぶように後方に流れていく。ほとんどのビルの明かりが、遥か下方で光っていた。廣永は上機嫌にいう。

「レインボーブリッジから眺める東京湾岸は、もっともよく現代を象徴する風景かもしれない。今この国では、巨大な戦いが起きている。オールドジャパンとニュージャパンのあいだの熾烈《しれつ》な戦いだ。負けたほうはくい散らされて、この国のメインステージから撤退しなければならない。それこそ命がけの戦いです」

MGには廣永がなにをいいたいのかわからなかった。薄暗い車内で廣永は目に光りをたたえて

MGを見つめる。

「もちろん、わたしたちエッジ・エンターテインメントも必死になって、その戦いに参加している。うちの親会社はご存知のとおり日本有数の家電メーカー、清和エレクトロニクスだ。あの会社をなんとかソフト化して、ニュージャパンの陣営に引きこみたい。清和のなかでも、新と旧の戦いはある」

廣永の声には迷いがなかった。MGにはそれがすこしだけまぶしく感じられた。

「日本がどう変わるかなんて、興味はありません。ぼくはただいいゲームをつくれるならそれでいい」

廣永はゲームと映像、両方の世界で、世界有数の実力者である。

「わかりますよ、相楽さん。あなたが凡庸なゲームデザイナーなら、こうしてわざわざ時間をつくって会いにきたりはしない。だが、あなたは戦いの局面を変えるほど優秀だ。なんとしても、こちらの陣営に参加してもらいたい。条件は最高のものを提供する。全清和グループがバックアップするといえばわかってもらえるかな」

廣永は熱にうかされたように続ける。

「ハリウッドのメジャー二社は、清和の傘下にある。アメリカの三大ネットワークのひとつとも、うちは資本提携を結んでいる。わたしはゲーム制作者が望むベストの環境とコネクションを用意できる。それなのに、デジタルアーミーでは、相楽さんひとりがエッジとの関係強化を望んでいないという。わたしには意味がわからない」

ＭＧにも意味などわからなかった。ただ生理的にエッジの方法を受けつけないだけである。レインボーブリッジをすぎて、アウディは台場の埋立地におりていく。明かりはまぶしいが、無人の清潔な街だ。

「ぼくたちは成功しすぎたのかもしれない。『女神都市』がこれほど成功するなんて、最初は期待していませんでした。つぎのゲームをつくれて、のんびり暮らせるくらいの売上が立てばそれで十分だった」

ヨリが助手席からうしろを振り返った。ＭＧは不安げな顔にうなずきかけていう。

「国内で百万本のつぎは、世界で一千万本と廣永さんはいう。でも、そうして規模をおおきくしていくことだけが目標になるのが、デザイナーとしてはよくわからない。そのやりかたは、廣永さんが敵だというオールドジャパンの方法と同じじゃないですか」

エッジの社長は大人だった。笑って頭をかいた。アウディは台場のオフィス街をゆっくりと流し始めた。

「いや、相楽さんは鋭いところをつくな。だけど、あなたは自分の力を過小評価しているんじゃないかな。もっとおおきな舞台で、もっといいものをつくれるのに、早々に自分の限界を決めてしまう。臆病で怠慢ですよ。わたしもこの業界が長いからわかる。制作者というのは、だいたい自分の力を読む目をもっていないものだ。あなたはあなたが思っているよりずっと優秀だ」

廣永の言葉がしだいに憂鬱になってきた。裕香から得た情報を口にしてしまう。

「それなら、つぎの新作がまるで売れなかったら、どうするんですか。あるいはアメリカで発売するというファーストパーソン・シューティングが壊滅的に失敗したら。それでもデジタルアーミーを切り捨てずにいられるんですか。廣永さんは、清和エレクトロニクス・アメリカにいたころ、東海岸のディーラーの三分の一を整理していますね。捨てられたディーラーにもいい分はあったんじゃないですか」

廣永は興味深そうにMGを見つめた。

「なるほど、さすがだ。ゲーム業界はナイーブな人間が多いので、あなたのようにきちんと情報を収集する人はめずらしい。ますますうちにほしくなった。あなたならゲーム制作だけでなく、経営に加わってもらうのもいいかもしれない。今夜のところは、このくらいにしておきましょう。このままではいくら話しても、平行線だ」

廣永は運転手にむかっていった。

「マンションにもどして」

長い鼻先を交差点でまわして、リムジンは再びレインボーブリッジにむかった。廣永は背もたれに深く身体をあずけていった。

「ひとつだけ忘れないでもらいたい。エッジにはデジタルアーミーが必要だし、相楽さんにはぜひうちの制作部を見てもらいたい。わたしの気もちはまったく変わらない。そのためには、うちはなんでもやりますよ」

ヨリが低い声でいった。

「もうMGをそっとしておいてあげて。あなたの会社の檻《おり》のなかでは、MGは窒息しちゃう。あなたは飛べなくなった鳥を飼っておくほど、優しくはないでしょう」

廣永はじっとヨリを見つめ返した。笑い声は一拍遅れ、必要以上におおきい。

「なるほど、きみたちは似あいのふたりかもしれない。相楽さん、うちもすこし調べさせてもらった。あなたには婚約者がいたときいたけれど」

廣永は言葉を切って、窓の外に目をやった。橋のしたには暗い水面が揺れている。

「今夜でわたしたちはお互いに立つ位置が違うということがわかった。それがわかれば、あとはビジネスです。利害の調整を図りましょう。きっとエッジとデジタルアーミーは手を組める。そのときには相楽さんにも絶対いっしょにきてもらいます」

ＭＧは黙って、真夜中のビルを眺めていた。廣永にはなにをいっても無駄だった。すべてをビジネスの言葉に翻訳して理解するのだ。そこにはＭＧやヨリが生きていくスペースはなかった。もっともこちらのリアルな世界でも、そんなものはなかったのかもしれない。

3

翌週からＭＧは松濤にあるデジタルアーミーに復帰した。原案書は完成に近づき、会社のほうが心配になっている。休んでいるあいだに、どんな変化があったのだろう。昼近くにオフィスに顔をだすと、いつものメンバーがＭＧをむかえてくれた。

「よう、どうしてた」

グラフィッカーの克己が、大画面のモニタから顔をあげた。MGは声をひそめていった。

「廣永さんが会いにきた。どうしてもうちと手を組みたいそうだ。なにかエッジは問題でも抱えているのかな。ひどく真剣だった」

克己はパーティションで仕切られたMGのブースにやってきた。補助のパイプ椅子に座る。

「噂だが、ゲームの制作部門を半分に縮小するらしい。仕事はどんどん外部に発注するみたいだ。廣永さんはうちの身軽なやりかたを参考にしたと、どこかのインタビューでこたえていた」

エッジの制作にはMGも何人か知りあいがいた。ゲーム制作はほかに潰《つぶ》しのきかない職業である。音楽産業と同じで、年々市場は縮んでいる。再就職はよほどの技術力をもっていなければ、むずかしいだろう。大槻陽子がコーヒーをいれてきてくれた。

「エッジのおかげで、うちの会社もぎくしゃくしてる。水無月とクロちゃんは、もうエッジとの仕事にのりのりなんだ。『女神都市』の仕事が動かないものだから、水無月なんて『ロスト・イン・ザ・ダーク』の新作のキャラクターシートをつくってるよ。うちはアルバイトOKだからいいけど、あれは本気だな。明日にでもエッジの制作チームにはいりたいって感じだ」

MGの返事はいつものように冷たい。

「そうか。水無月とクロはエッジとの関係強化に賛成なんだな。陽子は」

ブランドものが大好きな監査役は、モノトーンのシャネルスーツで腕を組んだ。

「わたしは中立かな。上場は面倒だけど、エッジは悪くないと思う」

MGは即座に計算する。

「そうなるとエッジとの提携に賛成なのは、三割強ということになる」

デジタルアーミーの発行済み株式は五百株だった。創業メンバーの峰倉克己とMGが二十六パーセントずつもち、ふたりで過半数を占めている。残りの四十八パーセントを、陽子と水無月とクロ、それにエッジ・エンターテインメントで四等分していた。どちらにしても、克己とMGの結束が固い限り会社の意思が揺らぐことはない。

MGはそこで初めて代表に質問した。

「克己は今回のエッジの話をどう思う。まだ意見をきいていなかったな」

長身のグラフィッカーは胸にフリンジのついたウエスタンシャツを着ている。右手でスウェードのフリンジにさわりながらいった。

「正直おれは悪くない話だと思う。うちの会社は『女神都市』のシリーズがあたっているからまだいい。だが、あれがこけたら、そこで終わりだ。エッジと手を組めば、保険になる。別なシリーズもののヒット作だってつくれるかもしれない」

克己はMGと視線をあわせた。これまでの六年間、ゲーム制作でも会社の方針でも、克己とMGのあいだで意見が対立したことはない。MGは無意識のうちに克己を自分の味方だと思いこんでいた。ショックがおおきい。デジタルアーミーの代表はいう。

「廣永さんは、エッジどころか清和の社長も狙える人だ。これからゲーム業界で仕事をする限り、敵にまわすことはできない。それにMGの方法では、うちはいつまでたっても一ゲーム制作プロダクションで終わってしまう。同じ形に固執して、守りにはいればいつかは唯一のヒットシリーズだって輝きをなくしていくだろう。違うかな、MG」

MGは自分でもなぜあれほど廣永に反感をもつのか理解できなかった。おおきな理由のひとつはヨリが見たという災いのイメージだが、それをいえば克己に疑われるだけだろう。

「ぼくが気になるのは、廣永さんのクールすぎる部分だ。優秀なのも、力があるのも、わかっている。だけど、うちみたいにフレンドリーな雰囲気だけでやってきた会社が、エッジのような売上至上主義のところでうまくいくとは思えないんだ。それにみんなだって『女神都市』のシリーズで十分貯金もできたはずだ。ぼくはゲームデザイナーなんてサッカー選手やモデルと同じだと思う。一生続けられる仕事じゃない」

克己はそこで手をあげて、MGをとめた。

「エッジの話はそれくらいにしておこう。すぐに結論をだす必要もないしな。ところで、パートⅣの原案書はいつプレゼンするんだ」

MGは企画の大本になる原案書を発表するときには、デジタルアーミーの全員と販売を委託しているエッジの担当者数名を集めて、ミーティングを開いていた。しばらく考えていう。

「今回のエッジとの話が決着するまでは、プレゼンは先延ばしにしよう」

この問題でエッジとの関係がこじれ、社内で紛争が起こったとき、原案書は最後の切り札につかえるかもしれなかった。まだ『女神都市Ⅳ』はMGの頭のなかにしかない。


その日はたまっていた雑用をすませると、夜になって松本水無月清四郎のブースに顔をだした。長髪をうしろで束ねた小太りの元マンガ家は、冬でも室内では半袖Tシャツだった。胸には疾走する『エイトマン』の横顔が見える。

「元気」

水無月はヘッドフォンをはずして、ペン入力のパッドから顔をあげた。

「そっちこそ、なにしてたんだ。みんな、MGのこと待ってたよ」

長いつきあいでも、水無月とふたりでのみにいくのは初めてかもしれない。MGは思い切っていった。

「今夜、時間ないかな。ちょっと話があるんだけど」

水無月はまんざらでもなさそうな顔で立ちあがった。

「いいよ。だけど、デートみたいだなあ。克己やクロはいいの」

MGは真っ赤なブルゾンを着る水無月を待って、いっしょに渋谷の通りにおりた。

ふたりがはいったのは、東急百貨店の裏にあるバーだった。すこし値が張るので、学生がはいってこない静かな地下の店である。壁も床も天井も黒光りするウォールナットだ。MGはウォッカトニック、酒をのまない水無月はグレープジュースを頼んだ。先に口を切ったのは水無月だった。

「なぜ、MGはエッジの話に反対なんだ」

正直にいうことにした。水無月はロジックは得意ではないが、勘は鋭い。

「自分でもよくわからない。ただなんとなく嫌だと感じるんだ。じゃあ、きくけど水無月はどうしてエッジと組みたいんだ」

元マンガ家はジュースのグラスを軽くMGのグラスに打ちあわせた。

「うちの会社ってさ、ロックバンドだと思うんだ」

MGはカウンターのとなりに座る男を見た。なにをいっているのだろうか。

「ロックバンドってさ、どんなに人気があっても解散すると生き残るのは、ボーカルひとりだろ。あるいはさ、曲を書いてる人間がひとり」

MGはウォッカトニックでのどを冷やした。水無月の言葉に身がまえてしまう。

「それで、デジタルアーミーの場合、生き残るのはMGなんだよ。みんな腕は悪くないよ。キャラクターデザイン、グラフィック、プログラム。みんな水準を越える仕事をしている。だけど、外から見たらうちの会社で飛び抜けて仕事ができるのはMGだ。間違いない」

返事のしようがなかった。さらに冷たいドリンクを流しこむ。

「だから、クロやぼくが保険をほしがるのは当然だよ。ほかに腕がいいスタジオミュージシャンがいれば、簡単に取替えがきくんだから。バンドの調子がいいうちに、もっと稼いでおきたいし、女の子にももてたい。一生スターでいられる才能がないんだから、それくらいいいだろ。なぜMGはエッジと組んで、もっとでかいヒットを狙わないんだ。映画化も約束された、世界で一千万本を売る超大作のゲームデザインができるんだよ。そんなオファーをもらえるデザイナーが世界に何人いるんだよ。お願いだ、MGやってよ」

水無月の言葉はストレートなだけ、心に強く響いた。ひと言で断るのは簡単ではなかった。

「ちょっと考えさせてくれ。だけど、バンドだってメジャーのレーベルと契約したとたんに、新鮮さがなくなって人気がなくなるってよくある話だよな」

紫のジュースをのんで、水無月はいう。

「それはだいじょうぶ。だって最低でも『女神都市』のシリーズについては、完全にうちのチームはあの世界観をつかんでるから問題ない。あのシリーズだけきちんとつくっておけば、あとはエッジに金をださせて、いくらでも冒険できるじゃない。何本かやっていれば、そっちのラインだって、必ずヒット作がでる」

MGは水無月を見直していた。二次元美少女コンプレックスのアニメおたくだとばかり思っていたのだ。

「エッジもうちらを利用する。なら、うちらもむこうを利用してやればいいさ。ねえ、MG、うちの会社のみんなはMGにはすごく感謝してるよ。だけどさ、そろそろもうひとつでかい夢を見せてくれよ。うちのチームの力はこんなもんじゃないってところを、世界中に見せてやりたいんだ」

声の調子に驚いてとなりを見ると、水無月は涙ぐんでジュースのグラスを見おろしていた。ほんとうにヨリの予知はただしいのだろうか。確信が揺らいでいく。

「わかった、考えさせてくれ」

MGはそういって、エッジ関連の話を切りあげた。それからは最近のあまりぱっとしない少年マンガのネタになり、水無月の同業者への悪口は延々と深夜まで続いた。

4

金曜の夜、MGは久しぶりにヨリを呼びだした。食事は新しくできた丸の内オアゾの焼酎《しょうちゅう》居酒屋ですませる。アルコールの流行の刹那的な回転は、ゲームをつくっているMGにさえ恐ろしいほどだ。この国ではあらゆる流行は、携帯電話でメールを打つ親指の速さで変化していく。近くのバーで時間を潰し、真夜中のオフィス街にもどった。今度は遊び半分の撮影である。ヨリは紺のタイトスカートのスーツだ。髪が短く、身体が引き締まっているので、体育教師に見えなくもない。

ライトアップされた東京駅の赤レンガを背に、ヨリはまっすぐに立つ。

「MGが仕事の山を抜けてよかった。初めて見たけど、壊れるんじゃないかって思った」

デジタル一眼をかまえて、MGは湿った芝のうえに片ひざをついた。気がついてみると、秋の虫の鳴き声がきこえる。いつのまにか夏は終わろうとしている。この夏、最大の発見はヨリだった。ヨリという存在が与えてくれたインスピレーションがなければ、パートⅣのコンセプトはまったく別の凡庸な形になっていただろう。

MGは感謝の気もちをこめて撮影した。ヨリはカメラのまえで自由に振舞う方法を知っていた。突然こちらの予測を超えた動きを見せる。立ち入り禁止の植えこみにはいりこんで、木の枝に隠れた。ヨリの声はタクシーのクラクションにまぎれて、夜に流れた。

「MGはいつまで、わたしを人形にしてくれるの」

最初の計画では、美容師の専門学校への入学金がたまるまで四ヵ月の約束だった。もちろん撮影だけで、肉体関係はふくまれていない。ひと月半がすぎて、ふたりはあともどりのできないところにきている。

「わからない。続けられるところまで」

MGは正直だ。相手がよろこぶとわかっていても、一生自分のものにしてやるとはいえなかった。三十歳をすぎて、どんな情熱も時間に抵抗できないことを知っている。

「いいよ、MG。わたしだってずっといっしょにはいられないことくらいわかってる。MGはわたしにはもったいないもんね」

そんなことはないといいたかった。MGにはなにもいえない。確かにヨリと自分では住む世界が違うのだ。モデルに雇わなければ、同じ街で接点のないまま永遠に暮らしていただろう。

「ヨリ、でてきてくれ」

植えこみの陰からヨリがあらわれた。身を隠していたあいだに、白いビスチェを脱いだようだ。紺のテーラードジャケットのしたは胸と腹が、青白い燐光《りんこう》を放って広がっている。MGは息をのんで、シャッターを押した。命の光りを撮るには、千百万画素のCCDでもまだ荒すぎるようだ。

ヨリはジャケットのまえを開いて、胸をそらした。涼しさを増した秋の風が乳房にふれたのだろう。乳首のまわりの産毛が立ちあがっていた。MGはフラッシュをたいて毛穴まで写し取るいた。


と、好きだという代わりにいった。

「ヨリが一番だ。今はヨリにそばにいてほしい」

カメラをさげて、ヨリを抱き締める。ヨリはわかっているというように軽くMGの背中をたたいた。


その夜はタクシーで、湾岸の部屋にもどった。丸の内からは十五分ほどのドライブである。そのあいだMGの右手はヨリのジャケットのしたの肌にずっとふれていた。張りのある乳房ではない。背中側に腕をまわして、肩甲骨のうえに刻まれた翼のタトゥをなでる。

刺青の痛みに耐え、何度かかさぶたをはがしているうちに、ヨリの背中は異常な過敏さを獲得したという。ヨリにとって、背中の翼はおおきく開いた第二の性器である。MGは指先のあらゆる感触を動員して、ヨリの翼を責めた。指の腹、軽く立てた爪の先、てのひらと手の甲、なめらかな指の側面。ヨリはどんな刺激にも声を漏らさずに耐えたが、風のない日の東京湾のさざなみのように小刻みに震えるのをやめなかった。

タクシーが走り去ると、ヨリは潤んだ目でMGを見た。

「ひどいよ、MG」

マンションのエントランスで、いきなりMGに抱きついた。口を開いて激しいキスをする。キスをしたままエレベーターにのりこみ、扉が閉まるとMGはヨリのジャケットをはいでしまう。ミニタイトのスカートだけで、上半身は裸だ。真夜中の二時すぎ。エレベーターをつかう住人はいない。

外廊下をMGはヨリの翼にキスしながらすすんだ。ヨリの背中は紺の墨がはいっていない部分が赤く熱をもっている。MGは汗をかいた背中に口をつけたまま、ドアの二重ロックを開錠した。玄関の明かりは自動的に点《つ》いてしまう。MGは手を伸ばして消した。一瞬、シューズクロークの鏡張りの扉に裸の女が映ったが、目の裏に鮮やかな白さを残して消えてしまう。

ヨリは金属の扉に手をあてているようだ。ひざまでショーツをおろして、タイトスカートをまくりあげている。興奮した女性器のにおいが狭い玄関に満ちていた。MGもジーンズのまえを開けて、窮屈なペニスを自由にしてやる。

「早く、今すぐ、ここで」

ヨリの言葉が終わらないうちに、ゆっくりとMGはうしろから侵入した。まだ乾いていて痛むだろうかと思ったが、心配は無用だった。ヨリはもっと深くつながろうと、うしろに伸ばした手でMGの腰を引き寄せている。

「MG、お願い。背中の羽、なめて」

それはふたりのセックスの形だった。うしろから結ばれ、背中の紺の翼にキスをする。ヨリがもっとも短時間で、繰り返しエクスタシーを迎える形なのだ。ヨリの足首から細かな震えが生まれた。

「MG、わたし、もう……」

言葉にならない声が、玄関の暗闇に響いている。それはMGを男として有頂天にさせる声だ。

「……ダメー」

なぜかヨリはいくときに必ず駄目という。まだ震えている背中に口を押しつけ、舌を回転させながら翼のタトゥを責めた。このままゆっくりと腰を動かせば、数往復のうちにヨリはまた新しい頂に駆けのぼるだろう。MGはすべての感覚を舌とペニスの粘膜に集めて、ヨリの身体を味わい尽くそうとする。

「ダメー」

MGの予想より二往復早く、ヨリはその夜二度目のクライマックスを迎えた。

5

始まったのは玄関だったが、終わったのは寝室だった。そのあいだに短い廊下と、レインボーブリッジが見えるリビング、そして冷蔵庫の側面を、つながったままふたりは移動した。すべての高揚が終了したのは、午前三時すぎだ。

ヨリとMGは順番にシャワーをつかった。ベッドルームにそなえつけの小型冷蔵庫から、ミネラルウォーターを抜き、音を立てて胃に流しこむ。MGは裸で白木のヘッドボードにもたれた。

「ヨリ、あの未来のイメージだけど」

ヨリはマットレスを抱くように両手を広げてベッドに倒れていた。すべてのエネルギーをつかい果たし、波間に休む鳥のようだ。

「ああ、あれね」

「好きな男の未来の災厄が見えるといったけれど、これまですべて実現してきたのか」

ヨリはマットに顔を押しつけたままいう。

「わからない。すぐに別れちゃった男もいるし」

MGはなぜか水無月の真剣な表情を思いだした。ひとつのバンドから生き残るのはひとりだ。

「じゃあ、はずれることもあるんだ」

ヨリは身体を反転させて頬づえをついた。背中の翼は右のほうだけ肩甲骨の形に沿って浮きあがる。

「きっとはずれることもあるよ。だけど、この人ってわたしが思った男では、はずれたことはなかった」

ヨリは恥ずかしそうにいう。

「ヨシトシとMGをふくめて、ほんとうに好きになった男の人は四人しかいない。これまでの三人では、みんなあたったよ。あたったからといって、なにもできなかったけど。きっとさ、悪い運命ってちょっと軽くすることはできても、完全に逃げることなんて、誰にもできないんだよ」

そうなのかもしれない。幸運は限りない努力の果てにほんのすこし顔をのぞかせるが、悪運は親切でいつでも自分の部屋までやってきてくれるのだ。望んでもいないときに、たっぷりと、何度でも。

「あの雨の夜、ぼくのどんなイメージが見えたんだ」

ヨリは眉を寄せて暗い顔になった。

「思いだそうとすると頭痛くなるんだよね。つらいから心が思いだすのを拒否してるのかもしれないな。でも、やってみる」

シャワーでいったんひいた汗が、目を閉じたヨリの額に細かな粒になって浮かんだ。ヨリは目を閉じたまいう。

「裕香さんが泣いている。きっと朝の光りのなかだよ。デジタルアーミーの会議室で、MGやみんながいい争いをしてる。怒鳴っているのは峰倉さんかな。あの灰色のスーツの人が、会議室にいるのも見える。MGは怒ってコピー用紙を細かに裂いて、放り投げてる。ヨシトシもいる」

右腕にヨリと同じ紺色のタトゥが刻まれていた男。トライバルの鎖模様。

「彼も会議室にいるのか」

「ううん、違うみたい。揺れてる。海のうえかな。場所はよくわからない。暗いな」

MGは驚いていた。登場人物がはっきりとわかるくらい鮮明なイメージなのだ。ヨリは疲れたようにいった。

「ほんの一瞬でフラッシュの嵐みたいに、たくさんのイメージが見えるだけなんだ。だから、どういう意味なのかも、どうつながるのかも、わたしにはぜんぜんわからない。ただすごくよくないことが起こる気がして、胸が痛くてしょうがなくなるだけ。わたしはこんな力なんてほしくないよ。つらいだけで、なにもしてあげられないんだもん」

ヨリは表情を変えずに、片方の目からひとすじ涙を落とした。

「わかった。もういいよ」

いやいやをするように首を振り、ヨリは上半身を起こした。

「ううん、MGにはきいてほしいんだ。わたしのおかしなところも知っていてほしい。最初にあれが見えたのは、七歳のときだった。うちのおとうさんはトレーラーの運転手をしてたんだけど、夢で横倒しになったトレーラーが見えたんだ。積荷のテレビが道路中に散らばってる。フロントフェンダーをひと目見て、すぐにおとうさんの車だってわかった。最初は怖い夢だと思っただけ。でも、そのイメージを昼間もわたしは見るようになった。見るたびに汗だくになっちゃうくらい、不安でしかたないイメージなんだ」

ヨリは今でもその映像を見ているようにベッドで両足を抱えて震えた。MGはタオルケットで裸のヨリを包んでやる。しっかりとうしろから抱いた。

「半年くらいたった冬の日だった。うちのおとうさんが事故を起こしたのは、富山県の海沿いの高速道路だった。いつも仕事にいくたびに、運転には気をつけてとわたしはいったけど、どうにもならなかった。ひどくいそがしい時期で、二、三時間の仮眠をとって、おとうさんは休みなしで働いていたみたい」

MGはヨリの耳元でそっという。

「居眠り運転だったのか」

ヨリはかすかに笑い声をあげた。

「そう警察はいってる。でも、わたしはわたしが見た夢が、うちのおとうさんを殺したんだって、子ども心に思ったよ。あんな気味の悪い夢を見たからだ。わたしが悪いんだって」

MGはヨリを強く抱いていう。

「ヨリのせいでも、誰のせいでもない」

ただ定められた運命だったというのだろうか。ヨシトシと自分はどうなのだ。ヨシトシは誰かを植物人間にする定めだったのか。

「わたしはだから男の人を好きになったら、ほんとうはいけないんだ。きっとその人にも悪いことが起きる」

MGにはそれでうなずけるところがあった。

「そのせいで特少から帰ったヨシトシと、またつきあっていたのか」

「うん、半分はそう。だって誰かを殺しそうになる以上に悪いことは、ヨシトシにはもう起こりそうもなかったから」

ヨリは声を殺して泣いた。MGにはしっかりと抱いてやることしかできない。そのまま夜明けまで抱き締めて、ヨリが泣き疲れて眠ってしまうとそっとベッドに横たえてやる。窓の外は明るくなっていたが、妙に目が冴えて眠れなかった。

MGはTシャツとジーンズを身につけて、部屋をでた。この時間ならもう朝刊がきているだろう。徹夜の朝は新聞を読んでから眠る習慣だ。

6

その背中に気づいたのは、ガラス張りのオートロックだった。アプローチの階段の端に誰かが腰かけている。細く薄い背中。どこかで見たことのある白いパンツスーツ。

ＭＧは思わず声をあげそうになった。オートロックの扉を抜けて、エントランスホールで声をかける。胸はでたらめな速さで鼓動を刻んでいたが、声は冷静だ。

「裕香」

二十九歳の婚約者はゆっくりとこちらを振りむいた。廣永の情報提供のお礼にＭＧがプレゼントしたスーツはジル・サンダー。裕香は泣きはらした目で、かすかに微笑んでいる。ＭＧはそっといった。

「いつからそこに座っていたんだ」

「ＭＧとヨリちゃんが、帰ってくるすこしまえから」

ＭＧは胸が苦しくてたまらなくなった。いつかのヨリのように吐いてしまいそうだ。

「すべて見ていたのか」

「うん。全部見た。ヨリちゃんとキスしながら、部屋にあがっていくところ」

裕香は大人だった。おおきな声をあげたり、泣いて相手を責めたりしない。だが、女の静かな声は鞭のように身にしみる。

「ひどいよ、ＭＧ。わたしを放りだして、ヨリちゃんと遊ぶなんて」

東に並ぶマンションのあいだから日ざしがこぼれた。朝の光りのなか泣いている裕香。これもきっとヨリが見たイメージと同じなのだろう。裕香はためらうようにいう。

「でも、ヨリちゃんとは遊びなんだよね。新しいゲームをつくるあいだだけ着せ替え人形にして楽しんでるだけだよね。ねえ、ＭＧ、あの子とは遊びだっていってよ。お願い」

息を殺して泣いている裕香がそこにいるだけで、ＭＧは崩れ落ちそうだった。こんなときにもＭＧの愚かで残酷な正直さは発揮される。

「わからない。今は誰がほんとうに好きなのかわからないんだ」

息をのんで、裕香がＭＧを見つめた。背景は硬い朝日が落ちる海岸通りだ。早朝の通りではときおり巨大なコンテナトラックが風を巻きあげているだけだった。

裕香はふらふらと立ちあがると、軽く尻をはたいて歩道を歩きだした。ＭＧは金縛りにあったように身動きができなかった。裕香が全身でＭＧを拒否していたからである。裕香の背中が角を曲がって消えるまで、ＭＧは白いスーツを見つめていた。目を離すことができなかった。

裕香がいってしまうと郵便受けを確かめ、朝刊をもって部屋にもどった。コーヒーをいれ、テーブルで新聞を広げる。震える手ですべてのページを二度ずつ開いては閉じたが、そこに印刷された文字はひとつも読むことができなかった。


ヨリはまだ眠っていた。ＭＧは一睡もできずに朝のワイドショーを眺めている。朝早くから、これほどの熱心さと緻密さで、世界が不幸であることを報道するのだ。きっと人間は幸福でいるようにはつくられていないのだろう。

自宅の電話が鳴ったのは、かなり日が高くなってからだった。MGはしびれた心のままコードレスホンを取った。

「はい、相楽です」

「起きていたのか、MG」

克己の声は子どもの虐待死や連続放火を伝えるニュースキャスターのように緊迫していた。MGは合成音声のようにフラットだ。

「なにがあった」

「エッジが先に動いてきた。今じゃ、うちの会社は億万長者だらけだ」

意味がわからない。MGはなんのよろこびもなくいう。

「よかったじゃないか、みんな金もちで」

「どうしたMG、寝ぼけてるのか。廣永社長が手をまわして、クロと水無月と陽子の株を半分ずつ買い取ったんだ。とんでもない金の力でな。最初にエッジがもっていたのが十二パーセント。三人から六パーセントずつ買い取ったから、合計で三十パーセントになる。過半数にはまだ届かないけど、現時点でデジタルアーミーの最大の株主はエッジ・エンターテインメントなんだ。MG、これがどういう意味かわかるな」

MGは灰色のコンクリート打ち放しの壁にむかってうなずいた。わかっている、裕香は去っていったのだ。ヨリはぼくの暗い未来に苦しめられている。

「わかるさ。これからは経営のすべてについて、エッジが口をだしてくる。なにをするにもおうかがいが必要になるだろう。もしかすると、取締役をひとり送りこんでくるかもしれない。トロイの木馬か、清和の特殊工作員」

「わかっていればいい。また、会社でな」

通話はかかってきたときと同じように、突然切れた。MGはデジタルアーミーなどつぶれてしまえばいいと思った。『女神都市』のパートⅣなど、もうつくる必要はない。エッジなどくだらないゲームを量産して、好きなだけ腐った金もうけをすればいい。

だが、その瞬間もっともこの世界で必要のない人間は、間違いなく自分だった。

相楽一登、おまえなどこの世から消え去るがいい。

MGは『女神都市』パートⅢで自分がつくった禁断の呪文をつかった。朝の光りのさしこむリビングからは、なにひとつ消えることはなかった。

隠されたすべての傷と苦痛をさらす朝の光りのなか、灰色の部屋に立ち尽くす。秋の残酷な光りが乾いた部屋を照らしている。MGは座ることも、横になることもできなかった。その場にうずくまるだけの気力が残っていなかったのである。

V

1

MGは海と陸の境に立っている。

風化して角を崩したコンクリートの護岸のエッジだ。高く澄んだ秋の空。雲は淡い乳白色のレイヤーになり空のした半分を覆っている。乾いた日ざしがすべてに均質な光りを注いでいた。しわくちゃに暗い波を刻んだ東京湾、巨大な円形の登坂路とその先に弧を描くレインボーブリッジ、対岸のおもちゃのようなビル群とプラントの数々。異常な解像度で描きだされたCGの街だ。うちのチームが『女神都市《ヴィーナスシティ》』でつくったのは、こんなイメージではなかっただろうか。

MGはかつてないほど、自分を空っぽに感じていた。感情表現が苦手なのは、それが他者を苦しめる刃になるからだった。幼いころから顔に表情がない子どもだったのである。MGはふらつきながら消えていった裕香の背中を覚えている。プレゼントした白いパンツスーツのタイトな背中。MGの最大の恐怖は、自分が誰かを取り返しがつかなくなるほど壊すことだった。

十歳で両親が離婚したとき、MGは自分のせいだと思った。子どもを奪いあう両親から、等しい距離をおくには感情を殺すしかない。今では、あれは親同士の問題で、自分に責任がないのはわかっていた。だが、裕香とヨリのことは違う。すべてMGが原因だ。ふたつの果実を求めた報いである。ひとつでも支え切れないほど重いのに、それがふたつ。MGはやわらかな果肉に押し潰される自分を想像した。新しいゲームの難関セクションにいいかもしれない。逃げ遅れた者は甘い果汁で溺れ死ぬのだ。

MGは海と陸の境で、秋の日ざしと同じ声をあげた。熱と湿度のない笑いだ。


部屋にもどった。開いたままの寝室の戸口から、ヨリの声がする。MGの人形はどこかのブランドのタンクトップを着ていた。手ざわりはシルクのように滑らかだが、なぜ数万円もするのかわからないポリエステルのちいさな布だ。

「おはよう、どこにいってたの」

化粧をしなくても強い目で、ヨリはいう。でたらめに敏感だとMGは思う。ヨリは変化を感じているのだ。

「眠れなくて、ちょっと散歩してきた」

MGは開いたままだった新聞のまえに座った。活字は意味を失い、さらさらと砂のように紙面にこぼれている。『清和エレクトロニクス、次世代DVDでハリウッドのメジャースタジオ二社と契約』。MGは新聞を遠ざけた。こんなときに清和の話など見たくない。

「コーヒーをいれるけど、ヨリはどうする」

「濃くて、甘いのがいいな」

MGはキッチンに移り、糸のように細く熱湯をコーヒーに注いだ。内側から土色の粉がふくれあがる。落ちていく液体を見ていると、なにも考えずにすんだ。

「ねえ、なにかあったの」

MGはポットの先から目を離さずにこたえた。

「どうして」

「だって、昨日の夜は開いていたのに、今朝のMGは閉じてるもの」

なんとか理由を考えた。自分の一生は目先の問題になんとか適当なこたえを返すことですぎていくようだ。

「エッジが動いた。うちの会社の株を三十パーセント押さえたそうだ。今じゃ、ぼくでも克己でもなく、エッジが最大の株主だ」

ヨリの顔は暗くなった。ショーツとタンクトップのすきまからわずかにのぞく一枚羽のタトゥが青ざめていく。

「あの灰色のスーツの人……」

「そう、エッジ・エンターテインメントの廣永社長。ヨリはあの人とぼくのイメージを見たんだろ」

ヨリの声がリビングに遠ざかっていく。

「見たよ。冷たい王さまみたいな人。おもちゃのようにMGを欲しがって、壊れたら捨ててしまう人。MGはあの人の力が届くところからは離れなくちゃいけないよ」

開いたままのドアを抜けてくる声はコンクリート打ち放しの壁に反響して、神殿の奥から響く神託のようだ。だが、この声の力をどうデジタルアーミーの同僚に伝えればいいのだろうか。ヨリは最高のモデルであるだけでなく、予言と幻視をよくする女性だった。ばからしい。

MGはマグカップをふたつ手にして、リビングに移った。二段重ねのサッシのまえでヨリはスツールにひざを抱え座っている。高さ五メートル近くある窓に朝の湾岸の風景が絵のように切り取られている。さびしく明るいスーパーリアリズムだ。

両手でくるむようにカップを受け取り、ヨリはコーヒーをのぞきこむ。

「わたしにはむずかしいことはわからない。会社のことも、株のことも、ゲームのことも。それに裕香さんのこともね。でも、できるだけのことはするから。MGはわたしのことが邪魔になったらいってね。『女神都市』のパートⅢで、目のまえのものを消しちゃう呪文があったよね」

MGは目に痛いほど明るい朝のレインボーブリッジにむきあっていた。昨日の夜はひとつに溶けるのではないかと抱きあった身体を正面から見ることができない。

「ルース」

「そう、その呪文をいってね。MGのまえには二度とあらわれないから」

MGはなにもこたえられずに、東京湾にむかっていた。窓ガラスのむこうにはむきだしの朝がある。これほど深い疲労のなかにあるのに、動き続けなければならない。

生きているのがただ面倒な朝がある。MGは砂漠のような新聞を読むために、テーブルにむかった。

月曜日の午後、MGは渋谷にいた。松濤のデジタルアーミーのオフィスは、しばらく顔をだしていないあいだに微妙に空気を変えていた。デスクも椅子もコンピュータも同じなのに、違和感がある。

周囲を何度か見まわして気づいた。細かなグッズが増えているのだ。とくに水無月とクロのデスクまわりにフィギュアやゲームがあふれるように並んでいる。放りだしてあるのは、フランク・ミューラーやランゲ&ゾーネといったひとつ三百万円はくだらない腕時計だった。MGは自分のブースから背伸びして、代表の克己に声をかけた。

「みんなと話をしたい。会議室に集めてくれないか」

北欧インテリアの会議室に全員が顔をあわせたのは、十五分後。色違いのアントチェアにデジタルアーミーのメンバー五人が、思いおもいの格好で腰かけている。克己がいう。

「MGから話があるそうだ。用件はみなわかっていると思う」

水無月とクロと陽子は、MGと視線をあわせようとしなかった。MGの声はフリーザーからだしたばかりの氷のようだ。乾いて冷たく、角が鋭い。

「克己からきいた。三人はエッジにもち株の半分を売ったそうだな」

プログラマーのクロは見たことのないベルベットのスーツを着ていた。MGはこの男のスーツ姿をこの六年間で初めて見た。紺のベルベットの袖があがって、クロが発言を求めた。

「ちょっと待ってくれ。おれたちはなにも責められるようなことはしてないよ。自分のもちものを売っただけだ」

水無月は諸星大二郎のプリントTシャツに、二千ドルはするヴィンテージのアロハシャツを重ねている。妖怪ハンター。

「そうだよ。こっちだってかんたんな算数くらいできる。ぼくたちのもってる半分を売ったって、エッジのもち株は三分の一もいかないんだろ。仮にさエッジに全部を売ったとしても、この会社は克己とMGがコントロールできる。だって過半数の五十二パーセントをもってるんだから」

確かに数字のうえでは、水無月のいうとおりだった。だが、最大の株主がエッジであることに変わりはない。MGは不思議に思い、億万長者が五人いる会議室を眺めた。自分は今では、この室内で四番目の資産家になったのかもしれない。

「陽子はどうして待てなかったんだ」

監査役兼連絡係は舌をだしていった。

「ごめんね。わたし、来月で三十四歳になるんだ。もう結婚しそうもないかなとか思って。エッジの誘いは強烈だった。だっていつ上場できるかわからないうちの会社の株を、将来の創業者利益こみの価格で買ってくれるっていうんだよ。しかも、株の半分は手元に残して東証マザーズで値あがりを楽しむこともできる。わたし、キャッシュで青山のマンション買っちゃった。ひとり暮らしだと将来が不安だもん。住まいくらいないとね」

克己が割ってはいった。

「みんなはエッジと廣永さんを甘く見すぎている。それだけの投資をするんだ。エッジからもっとおおきな見返りが求められると思わないか」

水無月はうしろで束ねた長髪を揺らしていった。

「だからさ、どうしていつまでたっても、エッジとうちは関係強化しないの。『女神都市』の販売だってエッジでしょう。ゲームの世界で、エッジや清和に反抗したって潰されるだけだよ。むこうは圧倒的にでかくて、強いじゃない。MGがエッジやあの社長が嫌いなのは、別にいいよ。でも好き嫌いじゃなく、エッジと組めない理由をきちんと説明してほしいんだ」

MGにはなにもこたえがなかった。ヨリの力は頭ではなく、身体の奥深くで理解している。ヨシトシの証言もある。だが、どちらもこの明るい会議室では効果がないように思える。

「今うまくいってるうちのチームの形を変えたくない。社員が何百人もいるような会社でなく、ちいさくてもいいからリラックスして仕事をしたい。それに正直いうと、もうこれ以上ゲームを大量に売りたくない」

水無月は部屋の隅を見て漏らした。

「なんだよ。それじゃゲームおたくの引きこもりじゃないか」

クロは両手を頭のうしろで組んで天井を見あげ、MGに視線をむけようとしなかった。

「売れなくていいなんて、ゲームディレクターとしても経営者としても、失格じゃん。MG、どうかしてるんじゃないか」

陽子はこんなときいつもそうするように黙りこんでいる。代表の克己は視線でMGを抑えようとした。MGはおおきく息を吐いていった。

「ぼくたちは成功しすぎたんだ。クロ、水無月、陽子、エッジから大金をもらって、それで幸せになれたのか。自分たちの会社を売って、どんな気分だ」

水無月はアロハシャツの肩をすくめる。

「MGがなにをいってるか、わかんないよ。ゲームをつくるのは、ぼくたちには仕事だ。幸せになるとか、自分で育てた会社なんてことは、考えたこともない。デジタルアーミーは今だって、ぼくたちの会社だろ。MGはゲームにあまりたくさんのことを求めすぎるんだ」

「もう、それぐらいにしてくれ」

克己の声は怒りを抑えているようだった。

「デジタルアーミーはまだ七割はおれたちの会社だ。でも、三割は違う。エッジからゲームディレクターの研修受けいれの要請がきた」

代表は顔写真がクリップでとめられたコピー用紙をテーブルに滑らせた。陽子が手にとって確かめる。

「立野《たての》直記《なおき》。二十七歳。けっこうかわいい顔してる」

MGは冷たく笑っていう。

「その研修生だって、ここに受けいれざるを得ない。もう断ることはできないんだ。そうだな、克己」

　うなずいて代表は水無月とクロを見た。

「来週からうちにくるそうだ。新しいデスクはふたりのあいだにおく。面倒見てやってくれ」

　クロが困った顔をした。新しいスーツのなかでちいさくなる。

「ディレクターの卵なんだろ。だったら、担当はMGじゃないのか」

「ぼくはエッジの人間と組むつもりはない。適当に雑用でもやらせておけばいい」

　MGは克己がミーティングの終了を告げるまえに会議室をでた。ドアが閉まる直前、室内の四人を見る。誰もが視線をあわせず、気まずげに黙りこんでいる。デジタルアーミーはばらばらになったのだ。

　ともに闘う仲間を失っていく。MGは内臓を抜かれたような気分で、明るい廊下を歩いた。


　数日間、MGは湾岸の自宅にこもった。パートⅣの原案書の最終的なまとめである。仕事のあいまを縫って、裕香に連絡を取った。ほぼ毎日、数時間おきに携帯電話とメールをいれる。録音された裕香の声が留守番サービスから返ってくるだけで、コールバックはなかった。メールも返事はない。気を取り直してヨリに電話しても、こちらもつながらない。MGは自分が疫病神にでもなった気がした。創業からの同僚を失い、ヨリと裕香まで失ってしまう。誰もかれもが、自分から離れていくのだ。

　誰かに苦痛やさびしさを訴えることは、MGにはできなかった。ダメージを受けたときは、傷を負った獣のように巣穴にこもる。それがただひとつの回復法で、MGの巣穴は自分が誰よりもよく知るゲームのデザインだ。

週末の夜、MGは克己に電話する。めずらしいことだが、誰かに自分がなにをしているか告げたくてたまらなかったのである。

「もうすこしで、パートⅣの原案書が完成する」

克己の声が明るくなった。

「そうか、よくやったな。月曜から例のディレクター見習いがくるけど、どうする」

MGは明るい笑顔の顔写真を思いだした。裏を感じさせない、フレンドリーな若い男である。

「ちょっと様子を見よう。まだ原案書のプレゼンには、時期が早い。準備も万全ではないし」

克己は残念そうにいった。

「そうか。今うちの会社はみんなが好き勝手なほうをむいてるだろ。なるべく早いうちに、ゲームづくりにはいりたいところだな。仕事さえちゃんと始めれば、またチームワークも復活する」

どうだろうかとMGは思った。一度壊れた絆がそう簡単に取りもどせるものだろうか。デジタルアーミーの創造的な雰囲気は、実はひどく得がたいもので、神の気まぐれによって与えられただけなのだ。いつ失われても不思議はなかったのではないか。MGは嫌な予感を抑えていった。

「そうかもしれない」

「それとな……」

克己が声をさげた。

「裕香さんから電話があった」

MGは息をのんだ。あの朝から言葉を交わしていない。

「どうしてる？　元気そうだったか」

「まあな。裕香さんからヨリちゃんのことをきかれた。適当にこたえておいたが、MGも面倒なトラブルにはまったな。エッジといい、ヨリちゃんといい」

問題はいつもすべて同時にやってくるのだ。トラブルは仕事とプライベートを区別してくれない。MGは無理やり明るい声をだした。

「裕香にヨリといっしょのところを目撃された。それから電話もつながらないんだ」

「そうか。それでヨリちゃんのほうは」

「そっちもダメだ。まるで連絡がつかない」

「おかしいな」

MGは悲鳴がでそうだ。いつもそばにいてくれるはずだった女性が、ふたりとも消えてしまったのである。

「こっちもわけがわからない。じゃあ」

通話を切って、単調なトーン音に耳を澄ませた。生命の力が抜けていく感覚である。MGはそれまで自分の欲望のままに女性とつきあっていたつもりだった。だが、実際には遊んでいたはずのヨリや裕香から、生の勢いやエネルギーをもらっていたのではないか。ひとりきり仕事だけしてすごした数日間で、MGは失われていく力を痛感していた。

このままでは、すべてをなくしてしまうかもしれない。机のうえに積まれたパートⅣの原案書が、ただの汚れた白い紙に見えてあわてて目をそらした。


日曜日の朝は、突然のチャイムで始まった。宅配便だろうか。パジャマ代わりのTシャツ姿で、インターフォンの液晶画面をのぞいた。そこには完璧なメイクアップを施した裕香の顔が浮かんでいる。スーツもあの朝と同じ白のジル・サンダーだ。一瞬緊張した表情になってから、裕香は四インチのディスプレイいっぱいに笑った。

「お休みの日に突然で、ごめんなさい。ちょっと話がしたくて」

MGはオートロックの解除ボタンを押した。

「連絡が取れなくて、心配してた。部屋にあがる？」

髪型が微妙に変わっているのに、MGは気づいた。裕香は片手で前髪を押さえていう。

「ううん。今日は部屋にはいきたくない。ここで待ってるから、近くの喫茶店にでもいきましょう」

「わかった」

MGはTシャツを洗いたてのものと着替え、ジーンズをはいた。綿の青いジャケットを羽織り、財布と車のキーをポケットに落とすまで、三十秒で完了する。オートロックのガラス扉を抜けると、エントランスに裕香が立っていた。

その場がまぶしく見えたのは、午前の光りのせいだけではなかった。ストレートパーマをかけたのだろうか。長い黒髪は一枚の布のように光りをはじき、純白のスーツには染みひとつない。裕香の化粧は、どれほどの時間がかけられたのか想像もつかないほど完璧だ。

「久しぶり」

声まですこし低くなって大人びたようだ。ＭＧは気おされたままこたえた。

「ああ、久しぶり。シーフォートのカフェでいいかな」

「ええ」

うなずくと裕香は先に立って、コンクリート打ち放しのマンションをでていく。ＭＧはすきのない背中とやわらかに揺れる尻のラインを見つめた。これほど裕香が魅力的に見えたのは、つきあい始めて以来のことである。女性は傷つくほど美しくなる。

新しい教訓を学んだＭＧは地下の駐車場で、レンジローバーの鍵を開けた。

窓越しに運河の見えるロビー階のカフェだった。日曜朝の天王洲には、ほとんど人がいない。カフェもほかにふた組、宿泊客らしいカップルがいるだけだった。裕香はまぶしい窓を背にして座っている。ウエイトレスにカフェオレをふたつ頼むと、逆光のなか口を開いた。

「わたし、ヨリちゃんと会って、話をしてきた」

ショックがひと言、口から漏れていく。

「そうか」

「それで、わたしにとってＭＧがどれだけ大切な人か、ちゃんと伝えてきたよ。ＭＧとわたしは婚約者で、お互いの両親とも顔あわせをしているって」

その場にいたくないのに、逃げることが許されない。それが最も強いストレスの要因であるとMGはどこかで読んだ記憶がある。最強のストレスは、のどかな秋晴れの休日の朝、突然ホテルのカフェで襲ってくる。

「そう、彼女はなんていってた?」

裕香はMGから目をそらせ、届いたばかりのカップに口をつけた。

「ヨリちゃんて、かわいくていい子だね」

MGは黙ってうなずくしかなかった。

「それに若いけれど、きちんと話をわかってくれる人だった。MGはめずらしいから、自分をスカウトした。背中の羽のタトゥとこの身体が、新しいゲームに必要だっただけ。自分のことなんか、遊びだったに決まってるっていってた」

いつもより砂糖を多めにいれた濃厚なカフェオレをのんだ。

「ヨリがそういっていたんだ」

すきのない化粧をした裕香がうなずく。それだけでさらさらと髪のこすれる音がきこえそうだった。

「うん。自分のことはなにもいわずに、MGのことだけかばっていたよ。ねえ、MG、あんな子に手をだしたり、泣かせたりしたらダメだよ」

MGは慎重に言葉を選んだ。この状況で誰も傷つかない言葉など、魔法の呪文でもなければ存在しないことさえ気づいていない。

「だけど、まだヨリが必要なんだ」

裕香の顔にさっと暗い影がさした。ひきつった笑顔で、婚約者はいう。

「それは、ゲームの仕事で、それとも女性として」

心のなかでは両方と思いながら、MGは別なこたえを用意する。

「『女神都市』のパートⅣは、これから始まる仕事だ。彼女のイメージがまだ必要だ」

裕香はにっこりと笑ったままうなずく。

「それはわかってる。ヨリさんもまだ契約が二ヵ月も残ってるっていってた。東京の街のあちこちで撮影もしなくちゃいけないし、新発売キャンペーンにも彼女の出番があるんでしょう。あんなにかわいくて、スタイルのいい人だから、きっと有名になるよ」

そこで息を切って、裕香はMGを見つめた。口元は笑っているが、目は井戸の底でものぞきこむようだ。

「でも、MGにとってヨリさんとのことは、遊びだったんだよね。ひどく魅力的だけど、新しいゲームの一部分だったんだよね」

MGはひと呼吸のあいだに、あらゆる事態を考えた。目のまえには手を離せばどこまでも落ちていきそうな裕香がいる。

「そうだ」

結局、MGは一番楽な方法を選んだ。嘘をついたのだ。

2

週明け、MGが昼近くに出社すると、事務所のなかから明るい声が飛んだ。

「おはようございまーす」

ヨリの声だった。MGは不機嫌な顔をあげて、久しぶりに人形を見た。手作業でダメージ加工されたジーンズにラインストーンでキャラクターが描かれたTシャツ。サンダルはいつかのコール・ハーンだった。うえにはピーチスキンのシャツを着ている。初めてショッピングにいったときと似たような格好だが、すべてMGが買い与えたもので、価格は数十倍になっている。

その日のヨリは髪も計算された乱れかたで、しっかりとメイクしていた。氷の人形のようにきれいだ。厚化粧に見えないのは、プロの仕事だろう。水無月がぐるりとハーマンミラーの椅子を回転させて、MGに振り返った。

「なんでか知らないけど、ヨリちゃん、今日からうちにくるんだって。知りあいのメイクさんに頼んで、ちょっとやってもらったから」

MGは自分のブースにむかう途中で、ヨリに囁《ささや》いた。

「ちょっと、きてくれ」

パーティションで仕切られたデスクの横には、フィリップ・スタルクのプラスチック成型の椅子がおいてある。透明なオレンジだ。

「そこに座って」

ヨリは座面の高い椅子に腰かけ、サンダルのつま先を重ねる。MGは声を殺した。

「連絡が取れなくて、心配していた。どうしてたんだ」

明るい人形の顔を変えずにヨリはいった。

「MGのところに泊まったつぎの日、裕香さんから電話があった」

「彼女からきいた。ふたりでいったいなにを話した」

ヨリは姿勢よく座っている。レースをまえにした短距離選手のようにリラックスしていた。微笑んでMGを見る。ふたりだけのときのむさぼるような視線ではなく、やわらかにMGを映す目。

「たくさん。裕香さんとMGの話もきいたよ。わたしのときはいきなりだったのに、裕香さんのときはちゃんと順番を守ったんだね。別にいいけど」

MGはなにもいえなかった。自分の所有権はふたりの女たちのあいだで、すでに片のついた問題のようだった。どこに男性の意思をはさむ余地があるのだろうか。

「だから、今日からはMGのところじゃなく、会社にくることにする。残り二ヵ月だから、がんばってモデルになるよ。MGは今までどおり、わたしを人形にしていいよ。でも、もうベッドはなしね」

深い関係をもった女性と突然別れるのは、身体の一部をもがれるようだった。MGは両腕のない人形を想像した。デジタルアーミーとヨリを失いつつある今、ゴミ捨て場の人形と自分は変わらない。

ブースに近づいてくる人物がいた。パーティションから無邪気な笑顔がのぞく。

「よろしくお願いします。エッジからきた立野直記です。学生時代から相楽さんのファンでした。ぼくもMGって呼んでもいいですか」

室内でもキャップをかぶった若い男を無視して、MGは仕事を始めた。ヨリがとりなすようにいう。

「MGでいいよ。この人、恥かしがり屋だから」

ゲームディレクター見習いは不思議そうにいう。

「ヨリさんて、相楽さんのガールフレンドなんですか」

ヨリは人形の顔を崩して、華やかに笑った。

「ちがうよ。パートⅣのために四ヵ月間雇われただけ。ただのモデルだもん」

MGは書類に目をとおしながら、ぼんやり考えていた。魂のない人形に心を奪われた男の話だ。あの神話では男と人形はどうなったのだろうか。どちらにしても、あらゆる神話は残酷な結末を迎えるのだ。調べるまでもなく、それだけは確かだ。


暗くなってもヨリはデジタルアーミーにいた。クロはヨリの体中にセンサーをつけ、モーションキャプチャーで肉体の動きを数値化し、水無月は角度を変えて何枚もスケッチを描いた。新しい『女神都市』では、ヨリは背中に翼の生えた東京のガイドなのだ。

MGはほとんどヨリと口をきかなかった。話すことなどなにもない。執拗にヨリの身体を追ってしまう視線をひきはがすために注意するだけでいい。立野という若い男は、子犬のようにあとをついてきたが、こちらから話しかけることはなく、徹底して無視の姿勢を貫いた。もともと孤独が好きなので、むずかしいことではない。意外だったのは、自分が傷ついているとき、他人に冷たい態度を取るよろこびを発見したことである。

それによって心の傷は埋まらなかったが、それでもなにかをしている残酷な気分にはなる。世界がすこしずつ悪い場所に変化していく理由に、MGは気づいた。傷は新たな傷を求める。残酷さはより厳しい残酷さを探しだす。人の心は頑固に同じ状態にとどまり、同類を求めるのだ。その日、MGには世界は無情の場所だった。

その夜、MGはオフィスをでるとき、ヨリに声をかけた。

「いっしょに帰らないか」

ヨリは意志的な笑いをつくっていう。

「お疲れさま、MG。わたしは今日の帰り、メイクさんのところに寄っていくから。新作のためにもっときれいにならないといけないし、ちゃんと化粧を習うのおもしろいんだ」

MGは口のなかで、わかったとつぶやいて渋谷の路地におりた。別れ際のヨリの目の光りとなめらかな首筋が忘れられない。なぜ、どの女性も手が届かなくなったとたんに美しく見えるのか。ゲームのなかで自由にキャラクターを創造できるMGにも、リアルな世界の女性は謎だった。

　タクシーでもとめようかと、東急百貨店わきの歩道を歩いていると、携帯電話が鳴った。ヨリかと思い、胸がはずむ。

「はい……」

「今、どうしてる」

　同じ台詞《せりふ》をほんのふた月まえにきいた気がした。そのときの相手はヨリだったが、今度は裕香だ。心臓の鼓動は急速に収まっていく。MGはいつかと同じようにこたえた。

「渋谷にいる」

「わたしも、仕事終わったところなんだ。晩ごはんでもたべない」

　MGは食欲がまったくなかった。それでも気もちをこめて返す。

「いいね。なにがいい」

　裕香の声には無理につくった明るさがあった。

「汐留シティセンターで、ステーキたべようよ」

「OK」

　通話を切って、すぐにMGはオレゴンバー&グリルに予約をいれた。食欲のないときにあの炭火焼のステーキは重かったが、罰ゲームだと思えばなんでもない。右手をあげて、タクシーをとめる。電話にでた予約係には、渋谷から汐留までの乗車時間に十五分を加えて、到着の時刻を告げた。

薄暗いフロアの先には夜の再開発地が広がっていた。蛍光灯の青い照明が、精巧な積み木のように空に伸びあがっていく。レストランは四十二階にあり、窓際から見る東京は広大な光りの砂漠だ。

ピンスポットのあたるテーブルには、岩塩と胡椒《こしよう》だけで焼いたステーキがおかれている。MGはいつものようにさっと切り分けておいた。裕香はMGにプレゼントされたパンツスーツの色違いを着ている。それはヨリに買ったのと同じもので、MGは目をそむけずにいられなかった。

「ここのステーキ、久しぶりだね」

「ああ」

MGは歯ごたえのあるステーキをかみ締めた。いつもなら間違いなくうまいのだが、その日は味がしなかった。口のなかでいき場をなくした繊維質を、ビールでなんとか流しこむ。

「ちょっと疲れているみたいだ。あまりステーキはくえそうもない」

そういってつけあわせのマッシュポテトを口にいれた。こちらはひどくなめらかで、舌のうえで溶けていくようだ。裕香はさりげなくきいた。

「ヨリちゃん、元気。会社にはきてるの」

「きてるよ。水無月もクロも大騒ぎだ。ああいう子がひとりいると、オフィスも明るくなるな。だけど、ヨリについてはぼくよりも、裕香のほうが今はよく知っているんだろう」

裕香とヨリは毎晩のように連絡を取りあっているようだった。片方にだけしか話していないことが、翌日には筒抜けになっているのだ。

「そうね。ヨリちゃんはすごくいい子。なにもいわずにMGをわたしに譲ってくれた。そのへんのコンビニで拾われただけだし、頭もよくないし、ずっといっしょにいられないのはわかっていた。婚約してるなら、ごめんなさいって。だけど、今回のことはみんなMGが悪いよ」

MGは味のしないステーキを無理やり口に押しこむ。歯ぎしりするよりましだ。

「わかってる」

いつもより速いピッチでビアグラスを空けて、裕香は目の縁を赤くしていた。

「今夜はMGのところにいってもいいの」

MGは裕香が勇気を振り絞って、そういっているのがわかった。ステーキをかんだままうなずく。異物をのみこむようにMGはいった。

「いいよ」


シャワーは別々に浴びた。MGは明かりの消えた寝室で、クイーンサイズのベッドの端にそっとすべりこむ。つま先から夜のプールに足を浸すように波を立てずに、目を閉じて待っている女のとなりに横たわる。

裕香はなにもいわず抱きついてきた。最初から唇を開いたキスをする。最近記憶になかったくらいの激しさだ。MGの口は女の顔を一周してから首筋におりた。胸から脇、わき腹から張りだした腰を抜け、太ももの外側をひざまでさがる。

それはいつものコースで、ももの内側に舌がふれるころには、裕香は途切れることなく声を漏らしていた。最初の違和感は、MGの舌から始まった。太ももの張りがヨリとは違う。性器の味も裕香のほうが薄い。頭で意識しているわけではなかった。ただ身体中に散らばったセンサーが、警報を発しているのだ。

MGは心のなかに焦りを抱えながら、普段よりもいっそうていねいな愛撫を続けた。耐え切れなくなった裕香が、ボクサーショーツのまえに手を伸ばした。黒い布のうえから力のないペニスをつかむ。

「お願い、MG」

裕香は身体をシーツのしたに潜らせた。MGは腰を浮かせて黒いショーツを脱がせやすくする。裕香は果物の皮をむくように、肌に吸いつく下着をはいだ。両手でつけ根を押さえ、一気にやわらかなペニスの全長を口のなかに収めてしまう。舌でペニスの先を磨きながら、頭を上下に振り始める。裕香の舌がふれた瞬間、MGは焦りでいっぱいになった。口のなかの感触と舌先が違う。なぜ裕香ではダメなのか、自分でもわからなかった。もうヨリとは終わったはずだ。思いだしたり、比較すれば不幸になるだけだ。

裕香はそれから十五分間、MGに刺激を加え続けた。そのあいだに一度だけ充実しそうになる瞬間があった。だが、そのとき目を閉じて横たわるMGの暗いスクリーンに浮かんだのは、細かな汗の粒をびっしりと敷き詰めたヨリの背中の翼だった。

ステーキの味が消えたように、MGのペニスからも感覚が消えていった。かすかな充実感は身体の奥深くに引いていく。裕香は口のまわりを光らせたまま顔をあげた。必死の目で夜のなかMGを見つめてくる。

「どうして……」

MGは天井を見あげたままいった。

「なんだか疲れてるみたいだ」

裕香はMGの腹のうえに頭を落とした。額を腹筋にこすりつけながら絞りだす。

「どうして……わたしじゃダメなの」

MGはそれから裕香が泣き疲れて眠るまで、ビロードのような髪をなで続けた。自分でもすこし泣きそうになった気もするが、よく覚えていない。

3

十月の第一水曜日に『女神都市』パートⅣの原案書プレゼンテーションが決まった。ヨリとは仕事だけのパートナー、裕香とはセックスレスの状態が続いたまま、MGは再びゲームデザインに逃げ場を見いだしていた。

変わった点といえば、エッジから派遣された研修生である。立野はディレクター見習いというより、つき人や内弟子のようだった。オフィスにいるあいだ、MGのあとをついてまわり世話を焼き、MGの真似をしようとする。

エッジからの切れ者の工作員を予想していたMGは、しだいに立野と親しく言葉を交わすようになっていた。内容は日常会話やゲーム制作における一般論である。いくら素直で、ゲームづくりに夢をもっているとはいえ、エッジからきた男にパートⅣの目玉まで、この段階で教えることはできなかった。

会社帰りに初めて声をかけられたのは、立野が着任して半月ほどたったころだ。ぎりぎりで終電に間にあう時間だった。妙に社内の空気が軽くなる真夜中近く、パーティションのむこうにシアトル・マリナーズのキャップが浮かぶ。帰り支度をしていたMGに、アシスタントディレクターはいう。

「もうすぐパートⅣのプレゼンもありますし、ちょっと話をきいてもらえませんか」

周囲を気にして、声をひそめていた。いつもの陽気さはない。MGの返事はクールだ。

「話すことはない。疲れているし、のみにいく気もない」

立野はくいさがった。傷ついた子犬のような表情。

「じゃあ、帰り道でもいいです。相楽さんはタクシーですか、電車ですか」

若いADはまだMGをニックネームで呼ぶことができなかった。タクシーの狭い密室で、この男とふたりだけになる二十分を想像する。

「今夜は山手線にする」

立野の顔が明るくなった。

「じゃあ、渋谷駅までいっしょにいきます。それだけでいいですから」

ＭＧと立野は数分後には、松濤の高級住宅街を歩いている。要塞のようにコンクリートに包まれた屋敷。外国車が走りすぎるだけで、人どおりはない。鍋島松濤公園では、池の水が渋谷の夜空を映して明るく濁っていた。

「ぼくは相楽さんに命を助けられました」

ななめうしろからかけられた声に、ＭＧは立ちどまった。意味がわからずに、ぼんやりと立野を見つめ返す。夜の公園の背景は、深緑と黒だ。

「正確には『女神都市』のパートＩに命を助けてもらった。あのとき、ぼくは大学卒業を控えて、自分の未来がまったくわからなくなっていました」

ＭＧは池をめぐる柵に腰をのせた。エッジの社員は微妙な距離を取って、同じように池を背にする。水銀灯の光りの輪につま先だけ浸していた。

「このまま正社員のゴールデンチケットをつかって、どこかの大企業にもぐりこむか。それとも、もうすこしほんとうに自分のやりたいことを探すか。大学の就職課は、正規のコースをはずれたら、生涯賃金で一億円以上の差がつくと脅しをかけてきます。両親はコネをつかって、商社に送りこもうとしました。大学を一年休学して、シアトルにホームステイしていたので、ぼくは英語の問題はなかったんです」

「そうか」

ＭＧは自分の学生時代を思いだす。社会にも会社にも、ついでに自らの将来にも、まったく期待をもっていなかった。ＭＧの選択は容易だった。好きなゲームで、人生を棒に振る道を選んだのだ。生涯賃金など計算したこともない。

「それで、軽い対人恐怖症になってしまったんです。人に会うのが怖くて、学校にもいかず、家にこもって好きなゲームばかりしていた。家族以外で人に会うのは、月に三、四人くらいでした。毎日死にたくなるくらい、きつかった」

なにかに迷うこと。それも、自分の心の土台を崩すほど悩むこと。変化のまえには避けがたい時間である。MGは最初にかかわったゲームを、なつかしく思いだす。立野の声は夢見るように優しくなった。

「秋葉原のゲーマーズで『女神都市』に出会ったのは、夏休みの初日でした。パッケージを見た瞬間に、これは自分のためにつくられたゲームだとわかった。そういう出会いが、ゲームでさえ、ちゃんとあるんです。ぼくはそれから三週間、こちらのリアルな世界ではなく、仮想の東京を生きた。すべての通りと建物を探査して、あらゆるイベントと隠しトラップを体験しました。最終面をクリアした夜明けに見た最後のメッセージは忘れられません」

MGはそこに書いたのだ。リアルなものは、リアルに。ヴァーチャルなものは、ヴァーチャルに。意味不明のメッセージだと、評判になった言葉である。

「ネットのゲームサイトでは、みんなわけがわからないといっていたけれど、ぼくにはよくわかりました。あれはヴァーチャルな世界の果てを極めたら、またリアルな世界に帰ってこいという意味ですよね」

「そうかもしれない」

ＭＧは苦笑するしかなかった。内なるものは内に、外なるものは外に。あれはソロモンの箴言の一節をアレンジしたものだ。リアルな世界とヴァーチャルな世界を、完全に分離しておくこと。それは幻に犯されやすい子どもたちへの警告のメッセージでもある。

立野の顔は夜の公園でも熱を放って輝くようだ。

「夏休みの終わりには、ぼくは猛然と就職活動を始めました。ゲームをつくること以外に、もう人生の目標はなくなったんです。エッジの最終面接で、ぼくがなにをプレゼンしたかわかりますか」

ＭＧは微笑んで、若いディレクターを見た。

「パートⅠのゲームシステムの解析と改良点の提案だろ」

「さすがに相楽さんだなあ。ぼくはなんとかエッジに潜りこみ、ゲーム制作の現場で働けるようになりました。まだまだ半人まえですけど。そんなときにデジタルアーミーへの出向の話がきた。もう、飛びあがるくらいうれしかったです」

立野の表情はそこで、照明が切り替わるように暗転した。

「けれど、エッジとＤＡの関係はこじれているみたいだし、相楽さんもまったく仕事をさせてくれない。ぼくにだって、わかりますよ。ＤＡから見たら、ぼくはエッジのスパイみたいなものだって。正直いって、エッジのほうにもおかしな動きはあるし」

ＭＧのアンテナに最後の言葉が引っかかった。

「おかしな動きって、なんだ」

苦しげに立野はいう。

「まだ、わかりません。探っている最中なんです。でも、いつかいうべきときがきたら、必ず相楽さんには話しますから」

立野の目は気弱にMGを見つめた。ききとりにくいほどちいさな声でいう。

「あの、明日からぼくも相楽さんを、MGと呼んでいいですか」

MGは笑って手すりを離れ、立野に右手をさしだした。

「いいよ」

敵から送りこまれた若い男の手は、しっとりと熱かった。


その夜MGがタクシーからおりると、海岸のマンションのまえに男の影が見えた。厚い胸板と夜に溶けるタトゥの右腕。パートⅣのプレゼンを控えて深夜残業が続き、疲労は極点に達している。MGの声はひび割れていた。

「なんの用だ。話なら手短にすませてくれ」

ヨシトシは黙ったままでいる。MGはポケットの鍵を探り、エントランスにはいろうとした。トライバルの刺青を刻んだ右手が伸びて、MGの肩をつかむ。すりつぶすような声で、ヨシトシはいった。

「ヨリになにをした」

ヨリの名前でMGの全身は硬直する。

「彼女がどうしたんだ」

ヨシトシの声は怒りと切なさをふくんで荒い。

「普通の女になっちまった。もう昔のヨリじゃないんだ。おまえがあいつを壊したんだろう。いったい、あいつになにをした」

裕香とヨリのことを考えた。決定的に壊れてしまった関係。ヨリと自分のあいだに未来はあるのだろうか。しぼりだすようにMGはいう。

「ぼくが悪かった。ヨリをひどく傷つけた。もう彼女は、仕事以外では、まったく口をきいてくれない」

ヨシトシが一歩まえにでた。胸と胸がふれそうな距離で、MGをにらみつける。

「間抜け。ヨリはおまえみたいなお坊ちゃんの手に負えるような女じゃない。おまえはあの女の一番いいところを殺したんだぞ、わかってるのか」

MGはぼんやりとヨシトシを見つめ返すだけだった。影を刻んだ右腕で、思い切り痛めつけられたい。骨が歪むような痛みがほしい。それが自分にはふさわしいのだ。

「なぐってくれないか」

ヨシトシは目を細めて、両手でMGの胸を突いた。二、三歩よろけて後退すると、ヨシトシはいう。

「ふざけるな。おまえにはおれの拳はもったいない。痛みに逃げこむなんて、許してやるか。また、くる。そのときには、きちんと決着をつけるからな」

秋になってもタンクトップの男は、ガードレールを軽々とまたいだ。黒いハーレーは心臓の音を夜に響かせて、海岸通りに消えた。MGはエントランスから漏れる明かりに足元だけ照らされて、しばらくその場に立ちつくしていた。自分の部屋にもどる。その最初の一歩が大事業だ。

4

プレゼン当日、MGは新しいスーツをおろした。ヒューゴ・ボスの銀に近いグレイのスーツ。今シーズンの秋冬モデルだ。資料と原案書のコピーをもってオフィスに顔をだすと、デジタルアーミー全体がおかしくなっていた。これまでの三回の原案書プレはこれほど、緊迫していただろうか。火花が散れば爆発しそうな空気である。MGに気づくと、克己が手招きした。こちらもスーツは新しいようだ。パンツの裾《すそ》がフレアになったジョン・バルベイトスのピンストライプ。

「エッジの社長がきてる」

「廣永さんが……なんのために」

MGは叫ぶようにいう。セールスを委託している関係上、原案書のプレゼンにはいつもエッジの人間も同席していた。だが、それは制作部のディレクタークラスと営業の人間が二、三人である。エッジ・エンターテインメントの社長が、自ら一ゲームのプレゼンに出席するなどきいたこともなかった。

「どうする、MG。ちょっと会議室に顔だすか」

ＭＧは書類を自分の机のうえに放りだした。腕を組む。

「いいや、むこうが勝手にきたなら、好きにさせておけばいい。ぼくはいかない。克己は挨拶くらいしておいたほうがいい」

ＭＧは自分の席に着くと、午後一から始まるプレゼンの流れを復習した。


デジタルアーミーの会議室は、人であふれていた。社員五人のちいさなゲームメーカーである。会議室の広さに余裕はなかった。そこに二十人以上の人間が集まっているのだ。中央でテーブルにむかうのは社長の廣永だが、後方には知りあいの制作部の腕利きが顔を見せていた。ＭＧが室内にはいると、自然に拍手が湧き起こった。

テーブルの隅にデジタルアーミーの全員がそろっていた。ヨリはその一番端で、背中のタトゥがよくわかる白いビスチェを着ている。ＭＧと廣永を心配そうに交互に見ていた。廣永は灰を固めたようなチャコールグレイのスーツだった。カシミアだろう。

ＭＧが原案書を配ろうとしたところで、廣永が右手をあげた。半白の上品な髪のしたには、その部屋でただひとり教養人然とした雰囲気を漂わせている。この男はニュースキャスターになっても成功したかもしれない。知性とセンスと外見のバランスがいいのだ。メディアで成功するために必要な三要素である。克己が席を立って、声を張った。

「これから『女神都市』パートⅣの原案書プレゼンテーションを始めます。そのまえに、つい最近わがデジタルアーミーの最大の株主になったエッジ・エンターテインメントの廣永社長からご挨拶があるそうです」

　誰もがすでに知っている廣永を紹介するあいだ、克己はずっとMGのほうを見ていた。

　廣永は立ちあがると、アントチェアを引いた。うしろにいた秘書がおおげさに一歩さがって、何人かが倒れそうになる。会議室の後方はすし詰めだった。はっきりと敵意のない笑顔を表示すると、廣永はよくとおる声でいった。

「うちと関係を強化するなら、デジタルアーミーにはぜひもうすこし広い会議室を用意していただきたい。これからはゲームの売上が急カーブを描いて上昇するんですから」

　廣永の軽口にエッジの社員は、おおげさな反応を示した。よくそろった笑い声が起きる。

「ご存知のように『女神都市』のシリーズは、三本連続でミリオンを売る大ヒット作です。デジタルアーミーの収益の柱で、わが社の営業部にもおおきな利益をもたらしてくれる。エッジとDAはこれからますます一心同体になるでしょう。今回はわれわれの新しい関係を記念して、こうしていきなり大挙して押しかけてしまいました。もちろん、わたしたちの目的は『マスター・オブ・ゲーム』と制作者仲間から尊敬される相楽一登さんのプレゼンを拝見することだ」

　廣永の目はじっとMGを追っている。MGは射すくめられたように背中に冷たい汗をかいていた。ヨリに目をやると白い顔が青く冴えるほど、血の気をなくしている。口元を押さえて吐き気をこらえているようだ。廣永の挨拶は続く。

「わが社の制作部には、まだまだタレントが足りない。エッジの制作スタッフは、リーガ・エスパニョーラのレアル・マドリードのようであってほしい。日本で最高の実力をもつスターだけでドリームチームを組みたいのです」

MGは静かに席を立って、ヨリの元に移動した。ひざをつき、裸の肩に手をかける。冷たい肩は水をかけたように汗で濡れていた。

「ヨリ、だいじょうぶか」

眉を寄せて、必死にヨリはMGを見る。

「また、あの絵がくる。MG、怖いよ」

そのとき急にヨリの顔つきが変わった。瞳孔《どうこう》は黒い石のように開いて、目の中央で底光りする。口はふたまわりもおおきくなったように見えた。目は切れあがり、眉のうえ側のラインも別人のように変化した。ヨリは肩におかれたMGの手を振り払うと、立ちあがった。腹からでた太い声はざわつき始めた会議室を貫いた。

「嘘つき。そこにいる灰色の男は、嘘つきだ。あんたの会社はデジタルアーミーなんてほしくない。丸ごとのみこんだら、役に立つ人間とヒットシリーズだけ残して、あとは吐き捨てておしまい」

廣永のうしろに立つ秘書が叫んだ。

「その女はなにをいってるんだ。黙らせろ」

「ヨリちゃん」

千鳥格子のシャネルスーツの陽子がヨリを座らせようとしたが、ヨリは逆に突き飛ばした。陽子は悲鳴をあげてアントチェアにもどってしまう。

「嘘つき。あんたがいっていた世界で一千万枚を売るファーストパーソン・シューティングだって、大嘘だ。清和アメリカのゲーム部門には、そんな超大作をつくるようなゆとりはないよ。本業の利益もさがっている。あんたたちが欲しいのは、『女神都市』とMGだけ。あとはこんな弱小メーカーなんて、屑《くず》だと笑ってる」

廣永だけでなく、秘書と制作部のトップ数人の顔色が変わった。MGはヨリの肩を揺さぶって叫んだ。

「ヨリ、それは全部ほんとうなのか。エッジは『女神都市』が欲しいだけなのか」

ヨリの表情がまた変化した。今度は船酔いを起こした子どものように青く幼い顔つきになった。震えながら汗をかき、唇から透明な唾液が糸を引く。

「わたし、また、見たよ。デジタルアーミーが灰色のサメに、ばらばらにくいちぎられるんだ。みんな、ばらばらになって散っていく。もう終わりだよ」

テーブルをはさんで、廣永はヨリとむかいあっている。エッジの社長は意志の力で笑った。周囲を目で抑えていう。

「どうやら、そのお嬢さんはちょっと風変わりなキャラクターをおもちのようだ。根拠のない騒動はさっさと切りあげて、相楽さんのプレゼンに移りませんか。ここにいるみなさんは、それぞれたいへんに多忙だ」

静まり返った会議室に椅子を引く音がした。立ちあがったのは、マリナーズのベースボールシャツを着た立野である。震える声でアシスタントディレクターはいった。

「廣永社長、芝居は終わりにしませんか。ぼくは清和アメリカにいるデザイナーから話をききました。むこうでは制作者の半分の首を切るんですよね。社長がデジタルアーミーをつる餌にしているＦＰＳだって、何年かまえに立ち消えになった企画じゃないですか。ハリウッドを巻きこんだ企画なんて、誰も知りませんでしたよ」

澄んだ声が高くなった。ＡＤは腹を決めたようだ。周囲がざわめき始める。立野は叫ぶようにいった。

「ヨリさんのいうとおりです。エッジがほしいのは、ＭＧと『女神都市』だけ。デジタルアーミーは、エッジにばらばらに解体されるんだ」

会議室は騒然となった。エッジの男たちはヨリを部屋から押しだそうと争い、克己とＭＧがなんとかヨリの盾になった。水無月とクロは放心状態で固まったままだ。立野はエッジの制作者から、つめ寄られていた。ＭＧは叫んだ。

「水無月、クロ、ヨリを守ってくれ」

キャラクターデザインとプログラムの担当者は、スイッチがはいったように立ちあがり、もみあいに加わった。ＭＧはひとり騒動から離れて、立ち机にむかった。

「みんな、静かにしてくれ。今日の原案書プレゼンは中止だ。エッジとデジタルアーミーで、将来の展望をもう一度話しあってからでなくては、パートⅣをすすめることはできない。これで今日はおしまいだ。帰ってくれ」

ぎりぎりまで削ってＡ４のコピー用紙七枚まで絞りこんだ原案書を、ＭＧはつぎつぎと引き裂いていった。細かな紙ふぶきを周囲に投げつける。エッジの制作部の何人かが床に這《は》って、紙切れを拾っていたが、MGは気にしなかった。誰であれこの文書だけでは、パートⅣのコンセプトを復元することは不可能だ。MGのガイダンスがなければ、意味をなさない。

MGは若いアシスタントディレクターにむかった。右手をさしだす。その手は、このまえの夜と同じように熱かった。立野は涙ぐんでいう。

「MG、ぼくは……」

MGは力強い握手と笑顔で、立野の言葉をさえぎった。

「わかってる。エッジとのごたごたが片づいたら、デジタルアーミーにくるといい。今度の机は、ぼくのとなりだ」

MGはまだ青い顔をしているヨリのところにもどった。抱き締めていう。

「ヨリ、きみのおかげだ。初めてヨリの予知が役に立った。やっぱりきみはパートⅣの幸運の天使だった。うちの会社と『女神都市』を救ってくれた。ありがとう」

ヨリは全身の力を抜いて、人形のようにただ抱かれていた。MGはヨリを抱きながら、背中に軽々と浮かぶ紺色の翼を見つめていた。

この翼がなければどんな女性と抱きあっても、もう自分が満足することはないだろう。耳元で囁いた。

「ヨリ、もう一度、ぼくとやり直さないか」

うっとりと目を閉じていた人形が真顔にもどって、MGの胸を両手で押した。

「ルース」

ヨリがささやいた消失の呪文は、周囲の世界から音を消し去った。MGは混沌の会議室のなか、再び孤独にもどった。ヨリは水無月とクロに守られて、部屋をでていく。廣永がなにかMGにむかって叫んでいた。MGにはなにもきこえない。戸口から消えるヨリのタトゥを、やわらかな羽が肌からはがれるほどの強さで見送るだけだ。

5

その夜、裕香からの電話で呼びだされたのは、港区湾岸の港だった。コンクリートの防波堤のむこうには、ダルマ船が三重に係留されている。波音は小動物のセックスのように終わりなく短かくリズムを刻む。

海のむこうには台場の再開発の明かりが豪勢に輝いている。埋立地全体が海に浮かぶリゾートランドのようだ。陸とリゾートを結ぶのは、空に反《そ》る純白のつり橋だ。約束の夜九時、MGは暗い鏡のような東京湾を見つめ、都市と海の境に立ち尽くしている。

「よう、久しぶりだな」

一度きいたら忘れられない声だった。MGが振り返ると、ヨシトシの右腕の鎖のタトゥのとなりに裕香がいた。防波堤の影で白いスーツが燐光《りんこう》を放つ。

「裕香、どうしたんだ。その男と知りあいなのか」

裕香は両手で自分の身体を抱き締めていた。秋の夜風が冷たいのかもしれない。MGに抱かれることがなくなった身体を自分で抱いているのだろうか。

「MGが会ってくれないから、マンションのまえで待っていたの。ヨシトシくんとは、そこで知りあった。わたしたちの利害は一致してるんだ」

妙に落ち着いた声が不気味だった。ヨリとの一夜を目撃されたあの朝から、裕香はどこか壊れてしまったようだった。ゆったりと微笑んで、視線を揺らさずに遥か対岸を見つめている。ヨシトシがタンクトップの肩をゆっくりとまわした。

「いつか、あんたおれの船にのりたいといっていただろ。今夜、のせてやるよ。海のうえでしか見えないものを見せてやる」

ヨシトシは右手をあげて、こぶしをにぎった。紺色の前腕がワイヤーロープのように引き絞られる。筋繊維の一本一本が刺青のしたで獰猛にうねった。裕香が微笑みを崩さずにいう。

「待ってね。もうひとり、大事な人がくるから」

防波堤のうえにジーンズをはいたヨリがあらわれた。トレーラーのヘッドライトに照らされ、長い影が都心の港をなぐ。最初にMGをひきつけた見事なボディバランス。ヨリは硬い表情のまま、早足で三人のいる護岸までやってくる。

「ヨシトシ、これどういうこと」

元ボーイフレンドは削りだした岩のような顔つきを変えない。

「おれたちはみんなで話しあう必要がある。はっきりさせないわけにはいかないだろ。船にのってくれ」

誰も反対する者はいなかった。ヨシトシはもやい綱を引いて、タグボートを岸に寄せた。舷《げん》側のミントグリーンのペンキは幾重にもはがれて、船の年齢を語っている。裕香とヨリはヨシトシに手を引かれ、つぎつぎと船に移った。

「あんたは自分で跳んでくれ」

タグボートの揺れにあわせて、MGは暗い水を越えた。甲板の後部には船室におりるスチールの階段があった。なかには工具箱やロープや救命胴衣などが雑然と積まれている。両側に並ぶ丸い窓は薄汚れて、東京湾岸の明かりを濁した。

「おまえたちはつけておけ」

ヨシトシはヨリと裕香にだけ胴衣を投げた。エンジンを始動し、舵《かじ》をとる。タグボートは一度おおきく身震いすると、低い唸りを発しながら、岸を離れていく。舷側の窓にときおり波しぶきが飛んだ。風がなくなめらかに見える海面も、意外なほどうねりがある。ヨシトシはいう。

「座ってろ。まだすこしかかる」

MGはヨリにならって、舷側に切られたベンチに腰をおろした。MGが話しかけても、ヨリも裕香も返事をしなかった。それぞれ別々な窓から夜の東京湾を眺めているだけだ。十五分ほどして、ヨシトシはエンジンの回転を落とした。ボルトで床に固定された操舵席を離れ、後部甲板にあがる。

「こいよ。おれの好きな場所だ」

MGは揺れる船のなかで両手を交互に壁につきながら、階段をのぼった。薄い緑のペンキが塗りたくられた甲板にでる。ヨシトシの声は海上では虚勢を感じさせなかった。

「月のない夜なんかに、おれはひとりでここにくることがある。それであいつを見あげるんだ」

MGもまうえを見た。そこにはレインボーブリッジの裏側が複雑な骨組みをむきだしにしていた。いつの間にか裕香とヨリも狭い甲板に立っている。四人は同じ波でゆるやかに上下している。

「ほんとはな、橋のしたは落下物なんかがある可能性もあるし、橋脚で潮の流れが変わっていたりして、長居は無用なんだ。だが、おれはこの景色が好きだ。あんたもガキのころ机やテーブルのしたに潜って遊ばなかったか」

MGはダイニングテーブルのしたで飽きずにレゴブロックをつくり直したことを思いだしていた。あれは幼稚園の年長のことだ。

「あんたみたいな金もちが高級車でうなりをあげてわたる橋の裏側から世界を見る。こうして波に揺られてな。海面すれすれの場所からでも、見ごたえのある景色はあるもんだ。おれは一生この海で生きるだろう。たいした金はもてないかもしれないが、後悔はしていない。ただな、ひとつだけ問題がある」

MGにはヨシトシのいいたいことがよくわかった。黙って先をうながす。植物人間をひとり生んだヨシトシの声が、海のうえでは賢く響く。

「どんな景色でも、一番の問題は誰と見るかだ。ここはおれたち以外誰もいない。みんな、正直に話すといい」

ヨリが迷うようにいう。

「正直になれば、問題は解決するの、ＭＧ」

ＭＧは頭上を見た。細かな鋼材が見事なほどの繊細さで組まれている。骨組みのあいだには、灰色の夜が染みていた。白い橋が夜空を圧倒的な質量でふたつに分けている。

「わからない。だけど、正直に話せば、まえに一歩すすめるかもしれない」

「面倒なことは嫌いだ。最初にいっておく」

ヨシトシは日焼けした顔に白目だけ光らせていた。

「おれはヨリともう一度始めたい。ヨリにふさわしいのは、あんたじゃなく幼なじみのおれだ。おれたちは同じ街で育ち、同じものをくって生きてきた。頭はよくないが、この街で生き延びるには十分なくらいは賢い」

ヨシトシはそういって自分の右腕にふれた。鎖の刺青に隠れたナイフの傷を指先でなぞる。顔をあげて笑った。

「まあ、バカなこともすることもあるが。ヨリをおいて逃げるわけにもいかなかったからな」

裕香は白いスーツのうえに潮に晒《さら》されて朱色にあせた救命胴衣を着ていた。手すりに片手をそえ、両足を踏ん張っている。

「わたしはＭＧが好き。ヨリちゃんのことがあっても、やっぱりＭＧへの気もちは変わらなかった。きっともう一生変わらないと思う。ねえ、ヨリちゃんはどうなの」

ヨリはさすがに船に慣れているようだった。波の動きに身体をあわせて、どこにもつかまらずにやわらかに甲板に立っている。

「よくわからない。MGは裕香さんといっしょのほうが幸せになれると思う。婚約してるなら、もう約束したんでしょ、結婚の。わたしはなにもいえないよ」

「おれとじゃダメなのか」

ヨシトシはMGがきいても切ない声をあげた。荒事が好きなこの男でさえ、これほど優しい声をだせるのだ。男にはみなどこかかわいいところがあるものだ。ヨリはヨシトシを見ていう。

「ごめん。でも、わたしはもうヨシトシとはつきあえない。この二ヵ月で世界がまるで変わっちゃった」

「金か」

「違う。最初はわたしMGの人形だったけど、人形にもできることがあるってわかったんだ。すごい仕事だよ。見る人の心になにかを残すってすごいことなんだ。空っぽでバカな人形でも、人の心を動かすことがある。それが、わたしにもできるんだ。だから、もうすこしこの先になにがあるか見てみたい。今は無理して誰かとつきあわなくてもいいや。わたしはもっと完璧な人形になりたいよ」

ヨリが熱のこもった視線でMGを見つめてきた。裕香はヨリの様子を確認してからMGを見る。ヨシトシがいう。

「じゃあ、最後はあんただ、MG」

海上を風が吹き寄せて、東京湾の潮のかおりが初めてMGに届いた。

「最初に裕香に謝っておく。すまない。でも、ぼくたちはもうこれ以上は続けられない。このまいっしょになっても、必ずいつか別れる日がくると思う」

ヨシトシは裕香にうなずきかけた。日に焼けた顔には、どんな表情もない。

「じゃあ、ヨリのことはどうなんだ」

MGはヨリを必死に見た。見ることで、なにかをつなぎとめるように目に力をいれる。

「最初はぼくもヨリを着せ替え人形のように扱っていた。でも、気づかないうちにヨリにひかれていった。自分のつくった人形に恋をするなんて、なにかおとぎ話みたいだ。だけど、ぼくが考えていたより、ヨリはずっと力をもってしまった。あと何年かしたら日本中でヨリのことを知らない人はいなくなるだろう。ヨリが成長するには、きっと成瀬くんもぼくも邪魔になる」

裕香は泣き顔を隠さなかった。波はこまかに光りを散らしながら、明るい網目を海上にうねらせている。

「じゃあ、MGは誰ともつきあわないんだよね。それなら、つぎに誰か好きな人があらわれるまででいいから、わたしと遊べばいいじゃない。MGがわたしのことを好きじゃなくてもいいよ。わたしが好きなんだから」

MGはおおきな橋のしたで首を横に振る。レインボーブリッジから染みだした灰色の光りのせいで、夜空には星が見えなかった。

「ダメだ。裕香にはぼくよりもっといい男がきっといる。裕香を大事にしてくれて、仕事にはいると何週間も口さえきかなくなるなんてナーバスなところがない男」

「あなた以上の人がどこにいるの、教えてよ、MG」

裕香の叫びがMGの胸を裂いた。痛みを冷たく観察して、MGはいう。

「好きではなくなった人といっしょにいられるほど、ぼくは優しくないんだ」

決定的な言葉だった。かつて愛した女が夜の海を背に遠ざかっていく。

MGは暗い海面を見ていた。遠くからさざなみが白く東京湾の表を走ってくる。ヨシトシが叫んだ。

「風がくる。つかまれ」

突風で船が揺らいだ。足元をすくわれたMGはバランスを崩す。夜空と海がいれ替った。甲板から半回転しながら夜の海に落ちる。最初に身体に衝突したのはなまぬるい水の壁だった。だが、すぐに壁は硬さを失い、MGの衣服や下着に浸入してくる。ヴィンテージジーンズは鉛のパンツのように重くなった。目を開けても、上下左右灰色に濁った水が広がるだけだ。このまま死ぬのだろうかとMGは思った。あわてる気にさえならない。この二ヵ月間はひどく疲れることばかりだった。

裕香もヨリも失った。エッジに弓を引いた以上、ゲーム業界での生き残りは圧倒的に不利になっている。もうこのあたりですべてを手放してもいいのではないか。MGのニックネームも、ゲームづくりの天才という称号も、余計なものにしか思えなかった。MGは暗い水のなかで両腕を広げた。水を呼吸しようと口を開く。この面倒をすべて終わりにするのだ。それにはただ水を胸いっぱい吸うだけでいい。

そのときMGの右手を誰かがつかんだ。身体が裏返る。泡立つ水面越しに、白い橋がぼんやりと光って見えた。抱き締められ、唇にやわらかな唇が重なった。海水があふれる口のなかに、あたたかな空気が流れこんできた。ヨシトシだろうか。薄く目を開けるとヨリの切れ長の目が、水中で悲しげに見つめ返してきた。言葉はない。その目には意志の力がこもっている。

(生きて)

MGは急に恐怖にかられ、水中でもがきだした。なぜ一瞬でも自分が死を考えたのか。恐しくてたまらなくなる。でたらめに手足を振っているうちに、顔が水面を離れた。爆発的に息を吸う。うしろから抱き締められた。

「MG、もうだいじょうぶ。わたし、ライフジャケット着てるから。ふたり分でもだいじょうぶ」

顔の近くで水音がして、ロープのついた浮き輪がMGのまえに落ちた。ヨリは怒って叫んでいる。

「ヨシトシ、ひどいよ。わざとMGにだけ、胴衣を着せなかったでしょう」

右手のタトゥをうねらせながら、ヨシトシはMGをタグボートに引き寄せた。無表情にいう。

「あんたは運がよかった。返事によっては、おれはあんたを夜の海に捨ててしまおうと思っていた。それなら事故ですむからな」

MGが甲板に手をかけると、ヨシトシが起重機のような力で引きあげてくれた。荒い息をついてきく。

「なぜ、助けた」

MGはまだ震えがとまらなかった。ヨシトシは小声でいう。

「おれよりも先に、ヨリが跳びこんだから。夜の海は慣れていても、怖いもんだ。あんたの元彼女はぶるっていたが、ヨリは迷わなかった。あんたが落ちたあと、石みたいにヨリも跳びこんでいた。なにも考えずにな。あんたの勝ちだ。とりあえず今夜はな」

ヨリが海面から水を弾き飛ばしながら叫んでいる。

「なに男同士でわけのわかんない話してるの。早く助けてよ」

ヨシトシとMGは両腕をつかんで、魚を釣りあげるようにヨリを水面から引き抜いた。ヨリは怖かったといって、MGに抱きついて泣いた。手すりにしがみついたまま硬直していた裕香の肩を優しくたたくと、ヨシトシはボートを返すために操舵席にむかった。

6

数日後、MGはデジタルアーミーにいる。ミーティングで、今後の会社の方針を決定するのだ。廣永とエッジの社員がいない会議室は、奇妙に広かった。代表の克己がいった。

「エッジではヨリちゃんのことを訴えてもいいとまでいっている。根も葉もない嘘で、プレゼンをぶち壊したって」

水無月は『デスノート』の弥海砂《あまねミサ》とレムのTシャツを着ている。束ねた髪をなでながらいった。

「でも、廣永さんの顔色の変わりかた、おもしろかったな。あれでも嘘だっていい張るなんて、大人の世界もたいへんだよね」

プログラマーのクロはスーツをやめて、またジーンズとジャージにもどっている。

「だけど、これからどうする。エッジともめたら、この業界たいへんだぞ」

インテリア雑誌をめくりながら、陽子は能天気である。

「わたしは新しいマンションのことが気になっちゃって。うちの会社、このあたりで解散しちゃってもいいいんじゃないの。わたしと水無月とクロは、エッジから大金がはいったし、MGと克己には、当分困らないくらいの貯金はあるよね」

MGは克己の顔を見た。代表は全員の顔を順番に見てから口を開く。

「面倒だが、エッジとの関係をもう一度考え直さなければいけないだろう。『女神都市』のⅣでは、新しい販売ルートが必要になるかもしれない。どちらにしても、パートⅢがでたばかりでよかったよ。しばらくは動かなくてすむからな」

克己はそういって、MGを見た。

「MG、いつも全員の話をきいてから、最後にまとめようとするなよ。なにかいいたいことがあるんだろ」

MGはデジタルの兵士たちの顔を見わたした。どれもうんざりするほど見慣れた顔だ。ディスプレイの戦場で、生命を助けられたり助けたりした友人である。

「この六年間、ぼくたちは毎日新しいゲームのことばかり考えてきた。このあたりで、すこしまとめて休みを取らないか」

水無月はにやりと笑って、顔をあげた。

「まとめてって、どれくらい」

「陽子のいうとおり、みんなにはそこそこ金もあるし、エッジとのことはほとぼりが冷めるまで放っておいたほうがいいだろう。パートⅣももう一度仕切り直しをしたい。どうかな、半年とか思い切って一年くらい会社を休眠させないか」

最初に反応を示したのは、水無月だった。

「それだけあれば、またマンガを描いてみようかなあ。このごろゲームのキャラばかりつくってたから」

「エッジの金でのんびり休みを取るなんていいかもな」

クロと陽子も同意した。克己が締める。

「じゃあ、その方向でちょっと考えてみるか」

同世代の人間だけでつくられた会社のミーティングなどいいかげんなものだった。長期休暇の細部にかんする打ちあわせは次回にまわしてしまう。十分後にはMGはオフィスをでた。松濤から渋谷にむかって、静かな住宅街を歩く。

空は高く、雲は秋の淡さだった。空色を透かす白いリボン。エッジの廣永との闘いはまだ続くのだろう。よりおおきく貪欲な会社にとって、いい餌であることに変わりはない。新しいツイードジャケットのポケットに両手をいれて、MGはウインドウショッピングを始めた。街には秋の新しいモードが満ちている。

子どもむけの店ばかりだった渋谷も、落ち着いた大人の街に変わろうとしていた。ゲームでも街でも、MGは変わり続ける意志のあるものが好きだ。文化村通りの角を曲がろうとしたとき、内ポケットで携帯電話が鳴った。ヨリの声がはずみながら流れだす。

「今、どうしてる」

空を見ている。街を歩いている。自分を変えようと思っている。MGはもっとも無難なこたえを選んだ。

「渋谷にいる」

「じゃあ、買いものつきあってよ。MGに見てもらいたいものがあるんだ。わたし、ひとりだとすごく迷うから」

待ちあわせの約束をして、通話を切った。ヨリとはまたモデルとディレクターの関係にもどっている。この先ヨリと自分がどう変っていくのか、まるで予測できなかった。時間のゆとりができたのだから、東京の新しい顔にヨリを立たせ、夏だけでなく残りの季節の絵も撮ろうと考える。撮りたい街も、着せたい衣装も無数にあるのだ。

MGは愛する人形の待つ街角に急いだ。

初出　「小説現代」二〇〇四年九月号～二〇〇五年二月号

石田衣良（いしだ・いら）
一九六〇年東京生まれ。成蹊大学卒業。九七年『池袋ウエストゲートパーク』でオール讀物推理小説新人賞を受賞しデビュー。〇三年『4TEEN』で第一二九回直木賞受賞。著書に『LAST』『スローグッドバイ』など。

東京《とうきょう》DOLL《ドール》

定価はカバーに表示してあります。

第一刷発行　二〇〇五年　七　月二十八日
第三刷発行　二〇〇五年　九　月　六　日

著者　石田《いしだ》衣良《いら》
発行者　野間佐和子
発行所　株式会社　講談社
〒112-8001 東京都文京区音羽二―一二―二一
電話　編集部　〇三―五三九五―三五〇五
販売部　〇三―五三九五―三六二二
業務部　〇三―五三九五―三六一五
印刷所　大日本印刷株式会社
製本所　黒柳製本株式会社

ISBN4-06-213002-5

N. D. C. 913　222p　20cm